Deseo™

El engaño del príncipe

Emilie Rose

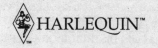

HARLEQUIN™

Editado por HARLEQUIN IBÉRICA, S.A.
Hermosilla, 21
28001 Madrid

I.S.B.N.: 978-84-671-5815-1
Depósito legal: B-53287-2007
Editor responsable: Luis Pugni
Composición: M.T. Color & Diseño, S.L.
C/. Colquide, 6 portal 2 - 3º H, 28230 Las Rozas (Madrid)
Fotomecánica: PREIMPRESIÓN 2000
C/. Algorta, 33. 28019 Madrid
Impresión y encuadernación: LITOGRAFÍA ROSÉS, S.A.
C/. Energía, 11. 08850 Gavá (Barcelona)
Fecha impresion para Argentina: 4.8.08
Distribuidor exclusivo para España: LOGISTA
Distribuidor para México: CODIPLYRSA
Distribuidores para Argentina: interior, BERTRAN, S.A.C. Vélez
Sársfield, 1950. Cap. Fed./ Buenos Aires y Gran Buenos Aires,
VACCARO SÁNCHEZ y Cía, S.A.
Distribuidor para Chile: DISTRIBUIDORA ALFA, S.A.

Capítulo Uno

—Por favor, tiene que ayudarme.

El ruego desesperado de una mujer captó la atención del príncipe Dominic Andreas Rossi de Montagnarde mientras él y su guardaespaldas esperaban el ascensor del lujoso Hotel Reynard de Mónaco. A través del espejo que había junto a las puertas del ascensor, observó la conversación entre una morena de pelo largo y el conserje.

—Señor Gustavo, si no consigo alejarme de toda esta parafernalia prenupcial, voy a perder la cabeza. Entiéndame, estoy contenta por mi amiga, pero todo este ambiente romántico me está dando náuseas.

Su comentario despertó la curiosidad de Dominic. ¿Qué era lo que no le gustaba del cuento de hadas que tantas mujeres ansiaban? Nunca había conocido a ninguna mujer que no le gustara regodearse en los preparativos de una boda. Cada una de sus tres hermanas habían estado más de un año preparando sus bodas, al igual que había hecho su amada Giselle.

—Necesito un guía turístico para que pueda ayudarme a sobrellevar mis obligaciones como dama de honor —continuó—. Alguien que conozca los mejores sitios para hacer excursiones de un día y escapadas improvisadas porque no sé cuándo necesitaré huir de toda esta… felicidad.

Juzgó que debía de ser americana por su acento, probablemente de algún estado sureño.

El conserje le dedicó una sonrisa compasiva.

–Lo siento, *mademoiselle* Spencer, pero es casi medianoche. A esta hora no puedo llamar a los guías. Si vuelve por la mañana, estoy seguro de que podremos hacer algo.

Se llevó la mano al pelo y tiró de sus rizos como si estuviera a punto de volverse loca. Luego se giró y dejó ver su exquisito rostro, de clásico perfil. Sus brazos desnudos eran finos, pero torneados, y las curvas de su cuerpo resaltaban bajo el largo vestido verde que llevaba. Aquellas curvas merecían el segundo vistazo que Dominic le dedicó. Lástima que no pudiera ver si sus piernas eran tan espléndidas como el resto de su cuerpo.

Volvió a estudiar aquel bonito rostro y reparó en sus divertidos y burlones ojos verde esmeralda, del mismo color que su vestido. Ella se dio cuenta y lo observó detenidamente, desde los hombros hasta sus piernas, pasando por su trasero. Su ceja arqueada era una clara manifestación de que intentaba ponerlo en su sitio.

Él contuvo una sonrisa por su audacia, pero no pudo evitar que su pulso se acelerara. Cuando sus ojos volvieron a encontrarse, no vio signos de que lo hubiera reconocido.

Interesante.

Ella volvió su atención al conserje.

–Por la mañana tendré que echar a perder dos años de dietas y ejercicio por probar las muestras de los pasteles nupciales. Por favor, se lo suplico, señor Gustavo, deme el nombre de un guía esta misma noche para así tener una vía de escape mañana.

La palabra «escape» resonó en la mente de Dominic mientras reparaba en la inusual lentitud del ascensor. Necesitaba tiempo para asumir su futuro, para casarse y tener hijos con una mujer a la que no amaba, sin que los paparazzi lo persiguieran. En una palabra, necesitaba escapar. De ahí que no fuera con su séquito habitual, que se hubiera teñido su pelo rubio de moreno y que se hubiera afeitado la barba y él bigote.

Aquél podía ser su último mes antes de que el infierno comenzara. Una vez los paparazzi se enteraran de los preparativos que estaban en marcha en palacio, caerían sobre él como una plaga de langostas y su vida dejaría de pertenecerle. Ya podía ver los titulares: «Príncipe viudo busca esposa».

Al parecer la americana necesitaba escapar también. ¿Por qué no hacerlo juntos? Disfrutar de su aspecto no sería difícil y descubrir por qué deseaba huir del romanticismo sería un añadido.

Miró a Ian. El guardaespaldas llevaba con él desde sus días de universitario y, en ocasiones, le daba la impresión de que aquel hombre podía leer sus pensamientos. Los ojos marrones de Ian brillaron en alerta y su cuerpo se puso rígido.

La puerta del ascensor se abrió, pero en lugar de entrar en el cubículo, Dominic se dirigió hacia el mostrador del conserje mientras Ian se quedaba en un segundo plano.

—Quizá pudiera ser de ayuda, Gustavo. Discúlpeme por haber escuchado la conversación, *mademoiselle*. No he podido evitar oír su petición. Me gustaría convertirme en su guía si le parece bien.

Dominic se quedó a la espera de que lo reconociera. Sin embargo, ella frunció ligeramente la nariz. Por su delicada piel de porcelana, debía de tener alrededor de treinta años, demasiado joven para darse por vencida en el amor.

Ella estudió su camisa de seda blanca y sus pantalones negros, antes de volver a mirarlo a la cara.

–¿Trabaja aquí?

Se quedó sorprendido. ¿Era posible que aquel atuendo tan sencillo fuera tan eficaz? Había confiado en que conseguiría despistar a los paparazzi desde lejos, pero no había imaginado que pudiera engañar a nadie en las distancias cortas. Al parecer, ella seguía sin saber quién era él. Era cierto que llevaba una vida discreta para ser un miembro de una familia real y que trataba de evitar la prensa, pero aun así… ¿Cómo podía ser posible?

Dominic tomó la rápida decisión de no darle explicaciones. Llevaba toda una vida de zalamerías, de mujeres serviles gracias a su linaje. ¿Por qué no disfrutar siendo un hombre normal mientras pudiera?

–No trabajo en el hotel, pero estoy aquí siempre que puedo. El hotel Reynard es mi favorito.

–¿Puedo confiar en él? –preguntó a Gustavo.

Gustavo se quedó sorprendido por la pregunta, como no podía ser menos. Dominic, heredero del trono de Montagnarde, un pequeño país de tres islas a unos seiscientos kilómetros al este de Nueva Zelanda, no estaba acostumbrado a verse cuestionado.

–*Certainement, mademoiselle.*

–¿Conoce el sur de Francia y el norte de Italia? –preguntó ella entrecerrando sus ojos verdes al mirar a Dominic.

Eran sus lugares favoritos y, en los últimos años, se habían convertido en los modelos de las ciudades turísticas que quería promover en su tierra.

–Sí.

–¿Habla otros idiomas además de inglés? Me las arreglé para aprobar la clase de latín en la universidad y apenas sé algunas palabras en español.

–Hablo con fluidez inglés, francés, italiano y español, y me las puedo arreglar en griego y alemán.

Ella arqueó sus perfectas cejas. Sus ojos brillaron sorprendidos y sus labios se curvaron ligeramente, despertando algo que había permanecido dormido en su interior durante años.

—Seguramente está exagerando, pero parece que es el hombre que necesito, ¿señor…

Él dudó. Para continuar con aquella farsa, tendría que mentir y odiaba a los mentirosos. Pero quería pasar tiempo con aquella preciosa mujer como un hombre normal, antes de cumplir con su obligación de casarse con la mujer que el consejo decidiera que era la adecuada. ¿Qué daño podía hacer?

—Rossi, Damon Rossi —dijo ignorando el gesto de desaprobación de Ian, y extendió su mano.

Dominic confió en que ninguno de los hombres corrigiera su nombre o mencionara su título.

—Madeline Spencer —dijo.

Su apretón de manos fue firme y su mirada directa. ¿Cuándo había sido la última vez que una mujer lo había mirado directamente a los ojos y lo había tratado como a un igual? No le había ocurrido desde Giselle. Un repentino deseo se apoderó de él.

—Entonces, sólo queda una pregunta. ¿Cuánto cobra?

Sin saber qué contestar, Dominic miró a Gustavo, quien se apresuró a contestar por él.

—Estoy seguro de que *monsieur* Reynard correrá con todos los gastos, *mademoiselle*, puesto que es un destacado miembro de la familia y una gran amiga de su prometida. *Monsieur* Rossi no aceptará dinero suyo.

Dominic reparó en el tono de advertencia del comentario de Gustavo.

Madeline esbozó una amplia sonrisa, lo que hizo que Dominic sintiera que el aire se detenía en sus pulmones.

–¿Cuándo podemos vernos para elaborar un programa?

Si no hubiera estado esperando una llamada de palacio para informarlo sobre el proceso de selección de su esposa, habría dicho que inmediatamente para prologar el encuentro.

–¿Qué tal mañana después de la prueba de los pasteles?

Reparó en que no había soltado su mano y en que se resistía a hacerlo. La excitación recorría sus venas. Aquello era una agradable distracción al desagradable dilema que lo había llevado a aquel exilio temporal.

Madeline tampoco parecía tener prisa.

–Sería estupendo, Damon. ¿Dónde nos encontraremos?

Donñinic buscó mentalmente un lugar apartado de los paparazzi. La única opción que su cerebro inundado de testosterona encontró fue su suite, pero el guía turístico que pretendía aparentar no podía permitirse un ático como aquél. Su mentira comenzaba a complicar la situación.

Gustavo carraspeó, haciendo que Dominic regresara al presente.

–Quizá la cafetería de la terraza del jardín, ¿no le parece, *monsieur* Rossi?

Dominic inclinó la cabeza en señal de agradecimiento, tanto por la recomendación como por ocultar su identidad. Estaba acostumbrado a ser un líder y a tomar decisiones, pero incluso un futuro rey sabía cuándo seguir un buen consejo.

–Es una buena sugerencia, Gustavo. ¿Cuándo terminará, *mademoiselle*?

–¿Alrededor de las once? –preguntó ella mordiéndose el labio inferior.

–Contaré las horas.

Se inclinó y besó su mano. Su perfume, una esencia de flores y cítricos, inundó sus pulmones, despertando su libido.

Dominic no había ido a Mónaco para disfrutar de un último escarceo amoroso antes de su desapasionado matrimonio. Pero se sentía tentado. Su mentira, unida a su deber hacia su país, hacían que lo único que tuviera que ofrecer a aquella mujer fuera su servicio como guía. Tendría que mantener su recién despertada libido bajo control. No sería fácil.

La mano de Madeline Spencer estrechó la suya una vez más. Una sonrisa pícara asomó a sus labios.

–Entonces, hasta mañana, Damon.

Unos instantes después, ella entró en el ascensor que Dominic había dejado y las puertas se cerraron.

Dominic respiró hondo. Por primera vez en meses, la espada del destino que colgaba sobre su cabeza se elevó. Iba a disfrutar de un breve indulto, pero un indulto al fin y al cabo.

–Oh, Dios mío.

Madeline se apoyó contra la puerta de su suite en el ático y se llevó la mano al corazón.

Candace y Amelia, dos de las tres compañeras de suite, se incorporaron en los sofás del salón. Ya se habían quitado los vestidos con los que habían ido al casino y llevaban sus pijamas.

–¿Qué pasa? –preguntó Amelia.

–Acabo de contratar al hombre más guapo del mundo para que sea mi guía.

–Cuéntanoslo todo –ordenó Candace.

Candace era la futura novia y el motivo por el que

9

Madeline, Amelia y Stacy, sus damas de honor, estuvieran en aquella lujosa suite del hotel de cinco estrellas Reynard. Las cuatro disfrutaban de un mes con todos los gastos pagados gracias al prometido de Candace, Vincent Reynard, para organizar la boda de la pareja que se celebraría dentro de cuatro semanas en Mónaco.

—Se llama Damon y tiene unos increíbles ojos azules, pelo castaño y un cuerpo impresionante. Es alto, casi dos metros.

—¿Estás segura de que no es amor a primera vista? —preguntó Amelia con expresión soñadora.

Madeline suspiró al percibir el romanticismo en las palabras de su compañera de trabajo.

—Tú deberías saberlo mejor que nadie. No pienso volver a enamorarme.

Por culpa de su mentiroso e infiel ex prometido.

—No todos los hombres son como Mike —dijo Candace mientras recogía todos los folletos turísticos que había desperdigado sobre la mesa.

Por el bien de Candace, Madeline esperaba que así fuera. Vincent parecía un buen hombre y se preocupaba por Candace. Claro que Mike había hecho lo mismo al principio.

—No gracias a Dios, pero mi detector de impresentables se ha debido de estropear y hay tantos hombres como Mike ahí fuera que he decidido concentrarme en mi carrera y tener relaciones breves y superficiales de ahora en adelante. Es lo que los hombres hacen. ¿Por qué no iba a hacerlo yo también?

Lo cierto es que no había tenido tiempo para ningún tipo de relación, puesto que se había ofrecido voluntaria en el hospital para hacer turnos extras. Además, seguía un riguroso programa de ejercicios desde que dos años atrás Mike la dejara.

–Parece que esperas algo más que paseos turísticos de este hombre –señaló Candace.

No podía negar la química que había sentido al estrechar la mano de Damon. Al besarle la mano, sus rodillas habían estado a punto de doblarse. A pesar de que el hombre fuera un guía turístico, tenía una clase y un carisma fuera de lo común.

–Quizá quiera tener una aventura alocada con un atractivo extranjero. Eso si no está casado. No llevaba anillo, pero…

Amelia frunció el ceño.

–Todo esto se debe a que Mike apareciera en el hospital con su hijo enfermo y su esposa embarazada, ¿verdad?

–Claro que no.

No era cierto, pero Madeline tenía su orgullo. Mike la había dejado en ridículo. Su compromiso había durado seis años y la había dejado el día de su trigésimo cumpleaños, cuando le dijo que eligiera una fecha para la boda o todo se acababa. Tan pronto como se mudó de la casa que compartían y dejó su trabajo de radiólogo en el hospital en el que ambos trabajaban, compañeros de trabajo a los que apenas conocía se apresuraron a contarle que mientras ella había estado soñando con su boda, él había compartido sus excelentes dotes de amante con otras mujeres. ¿Amor? No, no era para ella, nunca jamás. Confiaba en que no le ocurriera lo mismo a Candace, pero si así era, ella estaría allí para ayudar a su amiga.

Candace se puso de pie y cruzó la habitación para abrazar a su amiga.

–Sólo ten cuidado.

–Soy una profesional de la medicina, no tienes que darme lecciones sobre sexo seguro. Además, estoy tomando la píldora.

–No me refería sólo a embarazos o enfermedades de transmisión sexual. No dejes que ese estúpido de Mike te haga hacer cosas de las que luego tengas que arrepentirte.

A Candace y a Amelia nunca les había gustado Mike. Quizá Madeline debería haber escuchado a sus amigas. Pero esta vez no se dejaría cegar por amor.

–Es lo bueno. Suponiendo que Damon esté interesado en una relación esporádica, no me romperá el corazón puesto que, después de la boda, me habré ido. ¿Qué puede pasar en cuatro semanas?

–No tientes la suerte de esa manera –dijo Amelia.

–Sé que cada una de nosotras quiere ver y hacer cosas diferentes en Mónaco, pero no pases todo el tiempo con él. También nosotras queremos estar contigo.

Madeline se mordió el labio y se quedó mirando a su amiga. ¿Cómo explicarle que verse inmersa en todos aquellos preparativos de boda le traía recuerdos dolorosos? No podía decírselo sin herir sus sentimientos.

–Prometo que no abandonaré a mis amigas ni mis obligaciones como dama de honor por muy bueno que sea Damon como guía o cualquier otra cosa –dijo y tomando por la cintura a sus amigas, añadió–: Las amigas son para siempre y los amantes no.

Estaba tan nerviosa como una adolescente en su baile de graduación y, con treinta y dos años, Madeline hacía tiempo que había dejado la adolescencia. Su corazón latía al doble de velocidad y no tenía nada que ver con todo el azúcar que había tomado probando todos aquellos pasteles nupciales. ¿Llevaba el pelo bien? ¿Y el vestido? Por coquetería, había acabado poniéndose un vestido de amplio escote y unos zapatos de marca que se había comprado en una tienda cercana al hotel. Incluso se había recogido el pelo en una trenza y se había puesto su pasador de plata favorito.

Buscó a Damon en la terraza del café. Él se levantó de una mesa en un rincón a la sombra. Llevaba gafas de sol oscuras, una camisa de algodón de manga corta y vaqueros. Era ancho de hombros y tenía fuertes bíceps. Sus caderas eran estrechas y su vientre liso.

Las gafas no parecían necesarias puesto que estaba sentado en una zona en sombra, pero mucha gente en Mónaco las usaba. Ella levantó la cabeza y lo miró, deseando poder ver aquellos ojos azules en lugar de su propio reflejo.

–*Bonjour, mademoiselle* Spencer –dijo ofreciéndole una silla.

Trató de descubrir de dónde era su acento, pero no pudo a pesar de que por su trabajo trataba con personas de muchas nacionalidades. Además, estaba aquella curiosa manera en la que ocasionalmente su discurso se volvía demasiado formal.

–Buenos días, Damon. Por favor, llámame Madeline.

Sus nudillos rozaron la piel desnuda de sus hombros al ayudarla a sentarse. Ella se estremeció y sintió mariposas en el estómago. Sacó un bolígrafo y un cuaderno de su bolso de paja.

–Podíamos hablar de posibles excursiones. Quizá podrías hacerme algunas sugerencias y yo te diré cuáles me interesan.

–¿No confías en lo que yo elija para ti?

–No, prefiero que me consultes. No sé lo que oíste anoche, pero te diré que estoy aquí con una amiga para ayudarla a preparar su boda. Tengo que estar con Candace de lunes a jueves por las mañanas y cada vez que ella o las otras damas de honor me necesiten. Así que tendremos que sacar horas cuando podamos, lo que no será todos los días. ¿Estás de acuerdo?

–Sí.

Se inclinó hacia atrás en su silla y se llevó la mano a la mandíbula. Tenía una nariz perfecta que no parecía haberse roto nunca. Su pelo liso le caía sobre la frente, lo que le daba un aspecto aniñado, pero las finas arrugar alrededor de sus ojos y labios revelaban que debía de tener treinta y tantos años.

–Anoche dijiste que el romanticismo te daba náuseas. Nunca había conocido a ninguna mujer a la que no le gustara el romanticismo. ¿Por qué…

–Ahora, ya la conoces –lo interrumpió.

La interrupción no parecía haberle gustado, pero su triste vida sentimental no era objeto de discusión. Lo último que quería contarle a un posible amante era que había sido una idiota. Había estado tan cautivada con la idea del amor y de ser parte de una pareja que había hecho todo lo que Mike había querido, perdiendo parte de su identidad. Lo que más le había molestado de todo era que, a pesar de estar preparada para reconocer síntomas y hacer diagnósticos, no había advertido las evidentes señales de los problemas de su relación. Ni siquiera los diez kilos que había ganado en los seis años que había pasado de estrés le habían dado pista alguna a su subconsciente.

–¿Qué te hizo volverte tan desconfiada? –preguntó con voz firme, dando a entender que no estaba dispuesto a dejarlo pasar.

Se quedó mirándolo fijamente unos segundos tratando de intimidarlo, pero él le sostuvo la mirada.

–Digamos que por experiencia aprendí que planear una boda perfecta no siempre resulta en un final feliz.

–Estás divorciada.

–Nunca llegué hasta el altar. Y acerca de nuestras excursiones… A pesar de lo que el señor Gustavo dijo acerca de que Vincent Reynard se ocupe de pagar la cuenta, no quiero excederme en gastos.

–Lo tendré presente. ¿Te gustan los museos o prefieres hacer cosas al aire libre?

–Prefiero estar al aire libre, puesto que paso muchas horas encerrada –contestó ella, aliviada de que hubiera aceptado el cambio de tema.

–¿Haciendo…

¿Quién estaba entrevistando a quién? No se comportaba como un empleado. Resultaba arrogante, demasiado seguro de sí mismo, demasiado en control. Pero eso sólo le hacía más atractivo.

–Soy enfermera y trabajo en un hospital. ¿Qué planes me sugieres?

–Hay muchas cosas que se pueden hacer por aquí cerca y que apenas cuestan nada. Broncearse, bucear, navegar, pescar, montar en bicicleta o a caballo, escalar…

Fue enumerando las actividades con sus largos dedos, acabados en unas uñas perfectamente cuidadas. Le gustaba fijarse en las manos y aquéllas eran maravillosas, del tipo que le gustaría que acariciaran su piel.

–Cuando dispongas de algo más que unas pocas horas, podemos ir a hacer rafting o espeleología en los Alpes o cruzar la frontera de Italia o Francia y conocer algunos pueblos.

–No me gusta tomar el sol y los sitios oscuros y húmedos me dan escalofríos, así que dejando a un lado lo de broncearse y hacer espeleología, podemos hacer todo lo demás. ¿Te ocuparás de los preparativos y del equipo que haya que alquilar?

–Será un placer.

Seguro que sabía alguna cosa sobre placer y, con un poco de suerte, compartiría aquellos conocimientos.

–Ésta es mi agenda para el próximo mes –dijo ella entregándole una hoja de papel–. He tachado las horas que no tengo disponibles. En la esquina de arriba he anotado el número de mi habitación. Tendrás que llamarme allí o dejarme un mensaje en recepción puesto que mi teléfono móvil no funciona en Europa.

No recordaba la última vez que había ido a algún sitio sin un móvil y no sabía si sentirse libre sin aquel aparato.

Un repentino aire se levantó en la terraza y sacudió el papel.

Ella puso la mano encima para evitar que se volara. Damon hizo lo mismo un segundo más tarde y Madeline sintió la calidez de su palma sobre su piel. Sintió que una ráfaga de electricidad recorría su brazo izquierdo. Por el rápido movimiento de su nariz, Madeline adivinó que no había sido la única en tener aquella sensación, pero no podía ver sus ojos para asegurarse y eso le incomodaba.

Madeline ladeó la cabeza, pero no retiró la mano. Él no sonrió al apartar su mano, mientras sus dedos acariciaban los de ella.

–Damon, si vas a coquetear conmigo, será mejor que lo hagas sin gafas. Las miradas no traspasan los cristales polarizados.

Él se quedó quieto unos segundos, y después alzó la mano y se quitó las gafas.

–¿Estás interesada en coquetear, Madeline?

Oír su nombre pronunciado por aquella seductora voz unido al deseo que veía en sus ojos hizo que se le acelerara el pulso.

–Eso depende. ¿Estás casado?

—No.

—¿Prometido?

—No estoy comprometido con nadie en este momento.

—¿Eres gay?

—Por supuesto que no.

Madeline sintió una excitación interior.

—Entonces, Damon, veamos si tienes lo necesario para tentarme.

Capítulo Dos

–Esto es un error, si me lo permites, Dominic.

Sólo en la privacidad de la suite Ian se atrevía a llamar a Dominic por su nombre. Diecisiete años juntos no sólo habían propiciado familiaridad entre ellos, sino también una gran amistad.

–Damon, Damon Rossi –lo corrigió Dominic, mientras se preparaba para su primera salida con Madeline Spencer.

–¿Cómo voy a recordarlo?

–D.A. Rossi es el nombre que empleo para firmar en documentos oficiales. Damon es una combinación de mis iniciales y una abreviación de nuestro país.

–Muy ingenioso. Pero si los paparazzi te pillan con otra mujer cuando está a punto de que tu compromiso matrimonial…

–Hasta el momento no hay ningún compromiso. Ninguna mujer ha sido seleccionada y si el consejo continúa discutiendo como lleva haciendo en los últimos cuatro meses acerca de todas las absurdas cualidades que creen necesarias en una princesa, nunca llegarán a un acuerdo y no me veré obligado a pedir matrimonio a una mujer de la que no sé nada.

Los miembros del consejo habían deshumanizado el proceso. Ni por un momento se habían molestado en preguntar a Dominic por sus gustos.

Dominic tenía diecinueve años cuando el consejo

eligió a Giselle como su futura esposa. Él no objetó nada puesto que se conocían desde niños. Sus padres eran amigos desde hacía décadas. Convenció a su familia para posponer la boda hasta que obtuviera su diploma universitario y en aquellos años, Giselle y él se convirtieron en amigos y después en amantes antes de convertirse en marido y mujer.

En los nueve años que habían transcurrido desde su muerte, no había conocido a ninguna mujer que estuviera dispuesta a conocer al hombre que había detrás del título y la fortuna.

Y ahora, una vez más, el consejo decidiría su destino como era tradición en su país, una circunstancia que no le gustaba, pero que estaba obligado a asumir por sus responsabilidades. Aunque esta vez, la idea de que un grupo de hombres, en su mayoría ancianos, eligiera a una extraña como su esposa, no le agradaba.

Dominic arrojó unas cuantas prendas sobre las toallas que estaban sobre su bolsa de viaje.

–*Mademoiselle* Spencer desea ver Mónaco. Yo quiero ver los lugares de interés como un turista más y no como un príncipe de visita. Quizá vea un punto de vista diferente de las empresas del que he visto ahora. Esos conocimientos beneficiarán el plan de desarrollo turístico de Montagnarde que, como sabes, tengo que presentar de nuevo ante la junta económica en dos meses. Esta vez no permitiré que lo rechacen. Apoyarán mi plan de desarrollo.

Desde que acabara la universidad, había pasado años estudiando los destinos turísticos de más éxito y recopilando información para crear empresas similares en su país. Quería crear un destino turístico a partir del modelo de Mónaco, pero los miembros más ancianos del consejo se resistían a aceptar que la base económi-

19

ca del país tenía que crecer o si no, los jóvenes continuarían marchándose al extranjero. Su padre le había prometido darle todo su apoyo a cambio de que aceptara casarse antes de cumplir los treinta y cinco años.

–No sabes nada de esa mujer –insistió Ian.

–Estoy seguro de que ya has puesto remedio a esa circunstancia.

Cualquier persona que pasara cierto tiempo con él era investigado.

–Sí, he empezado a hacer averiguaciones. De todas formas, una aventura no creo que fuera lo más sensato.

–No es una aventura, Ian. Es un simple coqueteo. No puedo acostarme con una mujer a la que estoy mintiendo.

Su corazón se aceleró al recordar los vivos ojos de Madeline. Le gustaría ser su amante, pero por primera vez en años estaba disfrutando la idea de ser tan sólo un hombre al que una guapa mujer encontraba atractivo. No quería revelar su identidad y con ello arruinar esa experiencia única, pero no podía acostarse con Madeline hasta hacerlo.

–Soy consciente de los riesgos.

–¿Cómo justificarás mi presencia?

Dominic cerró la bolsa y miró a Ian, sabiendo que su decisión no sería bien acogida.

–La reserva submarina de Larvotto es patrullada por la policía de Mónaco. No se permite el acceso a ningún barco en la zona. Puedes estar tranquilo sabiendo que los únicos peligros a los que me enfrentaré mientras bucee serán los peces y los arrecifes. Tú esperarás en la costa y mantendrás las distancias.

–Estoy a cargo de tu seguridad. Si ocurre algo…

–Ian, nunca te he dado motivos para que te preocupes por mi seguridad y no voy a hacerlo ahora. Soy un buceador experimentado. Mi reloj tiene un dispositivo para localizarme y nadie conoce nuestro plan. Estaré bien –dijo cargando con la bolsa–. Ahora, ven. Estoy deseando ver si *mademoiselle* Spencer está tan guapa en bañador como imagino.

Estar prácticamente desnuda en la primera cita aceleraba las cosas, pensó Madeline mientras se quitaba el vestido amarillo que se había puesto sobre el bañador y lo dejó en la tumbona, junto a las sandalias y las gafas de sol.

Su biquini negro no era tan diminuto como los que veía a su alrededor. Miró a los otros bañistas y sonrió. Allí en la playa, a las mujeres no les importaba quitarse la parte superior, pero parecían no poder prescindir de sus joyas.

Damon caminó hasta ella sin reparar en los pechos desnudos que lo rodeaban. Cuando su atención se posó en ella, recorriéndola desde el moño hasta las uñas pintadas de sus pies, se alegró de los dos años que llevaba yendo al gimnasio. Tenía el cuerpo firme y tonificado, pero no siempre había sido así.

Deseaba que Damon se quitara las gafas. El gesto de sus labios podía significar cualquier cosa, desde repugnancia a deseo. Necesitaba ver sus ojos.

–De momento, se dedicó a observar cómo se soltaba el cordón de los pantalones blancos de lino que llevaba sobre el bañador, debido a las estrictas normas en Mónaco de no llevar ropa de baño por las calles.

La camiseta blanca revelaba unos pectorales desarrollados y un vientre liso. De pronto, se quitó los pantalones. Sus piernas bronceadas eran musculosas y estaban cubiertas de vello rubio.

–Debes de pasar mucho tiempo al aire libre.

Él se quedó quieto y la miró sorprendido.

–El sol ha aclarado tu vello y la punta de tus pestañas –continuó ella.

–Me gustan los deportes acuáticos –dijo entregándole unas gafas de bucear y unas aletas–. ¿Has buceado alguna vez?

–Sí, en casa.

–¿Y dónde está tu casa?

–En Carolina del Norte, en la costa este de Estados Unidos. Vivo a unas horas de la playa y paso allí las vacaciones.

Echaba de manos aquellas animadas vacaciones con la familia de Mike, más de lo que lo echaba de menos a él. ¿Cómo podía una familia tan estupenda haber engendrado semejante idiota?

Madeline hundió los dedos de los pies en la arena

–¿Es cierto que toda esta arena la traen?

–Sí, es el caso de muchas playas de la Rivera. De todos los países del Mediterráneo, Mónaco tiene las playas más limpias y seguras ya que es el gobierno más ecológico. Gracias a la familia Grimaldi, el país está casi libre de polución. En los últimos años, el gobierno ha ampliado el territorio ganándole espacio al mar. La reserva submarina que vamos a ver fue hecha en los años setenta para reparar los daños producidos por la pesca y la excesiva extracción de coral. Los arrecifes son el hogar de muchas especies marinas –dijo y señalando el agua, preguntó–: ¿Nos metemos?

–¿No vas a quitarte la camiseta?

Él dejó las gafas junto a las de ella antes de contestar.

–No.

–¿Te quemas con facilidad? Puedo untarte crema solar.

Sus manos temblaban ante la sola idea de rozarlo.

–Gracias, pero prefiero dejármela puesta.

¿Tendría cicatrices?

–Damon, veo hombres desnudos todos los días en mi trabajo. Si te preocupa que no pueda controlarme…

Esta vez vio la expresión de sus ojos azules. La excitación le hizo contener la respiración.

–No me preocupa tu control, Madeline. Venga, los arrecifes esperan.

Nunca podría acostumbrarse al modo en que pronunciaba su nombre con aquel acento inidentificable. Y hablando de control, ¿dónde estaba el suyo? Deseaba saltar sobre él.

–¿De dónde dijiste que eras?

–No lo he dicho –dijo y sonrió antes de dirigirse al agua.

Mojó las gafas y las aletas y se las puso. Ella hizo lo mismo y luego se quedó mirándola a través de las gafas.

–Te gusta ser un hombre misterioso, ¿eh?

Él se enderezó y la miró a los ojos.

–Me gusta ser un hombre. El misterio está aquí –dijo señalando la cabeza de Madeline–. Permanece cerca de mí. Ten cuidado de las medusas.

Contemplando sus firmes nalgas y sus fuertes piernas, lo siguió. Durante la siguiente hora, nadaron y disfrutaron del fondo marino. Cada vez que Damon la tocaba para llamar su atención sobre algo, tragaba agua. De milagro se las arregló para no ahogarse. Para cuando regresaron a la playa, Madeline tenía los músculos agarrotados.

–Ha sido fantástico, gracias.

Luego contempló la camisa pegada a su pecho, sus pequeños pezones y sus abdominales. Aquélla era una vista aún mejor y estaba deseando explorarla.

–Me alegro de que te haya gustado.

Dejó las gafas de bucear y las aletas en una silla, se puso las gafas de sol y se sacudió el exceso de agua del pelo.

–¿Por qué decidiste ser guía turístico? –dijo ella secándose mientras él recogía todos los aparejos del buceo.

–Cuando un país tiene pocos recursos naturales y su territorio es limitado, su gente y su industria turística se convierten en su patrimonio más preciado.

Sorprendida por su respuesta, se quedó pensativa. Creía que su respuesta sería mucho más simple, algo así como que le gustaba conocer a gente nueva.

–Claro. ¿Y dónde están las escuelas de turismo? –preguntó poniéndose el vestido.

Al ver que tardaba en decir algo, Madeline pensó que no contestaría.

–Estudié dirección de empresas turísticas en la Universidad de Hawai.

Parecía tenso, como si temiera que ella cuestionara su respuesta, y así era. Si tenía un título universitario y hablaba cuatro idiomas, ¿por qué tenía que trabajar como guía turístico? Aquello no tenía sentido. Madeline recordó que no todo el mundo se sentía inclinado por desarrollar su carrera, aunque Damon no parecía el tipo de persona que dejara que el destino guiara su vida. Pero no era asunto cuyo. Una aventura sin ataduras no le daba derecho a interferir.

–¿En Estados Unidos? Entonces, ¿qué te trajo a Mónaco?

–Estoy estudiando su industria turística.

–¿Y después?

–Usaré esos conocimientos en mis proyectos futuros –dijo recogiendo los aperos de buceo y antes de que ella pudiera preguntarle algo más, añadió–: Si nos vamos ya, tendremos tiempo de tomar algo en el hotel antes de que te deje. No has comido.

–No tengo prisa. Esperaba poder pasar la tarde juntos. ¿Qué tal si jugamos al voleibol o nos bañamos en la playa? Además, por aquí hay algunos restaurantes en los que podríamos tomar algo.

–Tengo otra cita.

Madeline trató de disimular su decepción. A pesar de que había disfrutado el día, no había trascurrido como esperaba. Tenía que admitir que no se había mostrado seductora y si quería disfrutar de un romance pasajero, tenía que hacer algo.

Había llegado el momento para el plan B. Se soltó el pelo tratando de hacerse con el coraje necesario, metió la mano bajo su vestido, se desató la parte de arriba del biquini y se lo quitó por el cuello.

Damon tensó la mandíbula y tragó saliva.

–Puedes cambiarte en el vestuario.

–No hace falta. Además, no me he traído más ropa.

Al ver que no retiraba la mirada, sus pezones se tensaron. ¡Por fin! Se había mostrado tan profesional y distante que había empezado a creer que había imaginado las chispas entre ellos.

Y después, en un acto más descarado de lo que nunca había pensado que sería capaz, se bajó la parte inferior del biquini bajo el vestido. Se entretuvo unos instantes haciendo girar la prenda en su mano antes de guardarla en el bolso. Si Damon insistía en llevarla de vuelta al hotel, lo haría sabiendo que estaba desnuda bajo el vestido.

Nunca se podría decir que Madeline no luchaba por lo que quería y, en su opinión, Damon Rossi era la mejor receta para enmendar su corazón y ego heridos. Unas semanas con él y volvería a casa sana.

***

–¿Qué será todo ese revuelo?

La pregunta de Madeline sacó a Dominic de sus pensamientos acerca de los complejos cálculos para averiguar el índice de ocupación de los hoteles. Se había sentido tentado a recrearse en el pensamiento de que iba completamente desnuda bajo el vestido.

Una docena de paparazzi con sus cámaras esperaban frente al hotel con sus objetivos apuntando hacia la limusina aparcada en la entrada del hotel. Dominic maldijo para sus adentros. Su vía de escape había sido sellada. Se inclinó y habló al conductor.

–Rue Langlé, *s'il vous plaît*.

Madeline arqueó las cejas sorprendida.

–¿Adónde vamos?

–No quiero estar con esa multitud. Cenaremos en un restaurante tranquilo en vez de en el hotel.

A Ian no le gustaría aquel plan imprevisto y a Makos, el segundo guardaespaldas cuya presencia apenas advertía, aún menos.

–Pensé que tenías prisa por llegar a otra cita.

–Puede esperar.

No había ninguna otra cita. Necesitaba alejarse de aquella mujer tan tentadora antes de que la tomara y la besara. Incluso debajo del agua, el rozar su suave piel había hecho hervir su sangre. Quería tomarla por la cintura y penetrarla, algo que seguramente los dos deseaban.

Con cada minuto que pasaba, su deseo por Madeline se incrementaba, pero una mentira se interponía entre ellos. La deseaba, pero se mostraba reticente a estropear la relación que habían establecido. Ella lo miraba y coqueteaba con él y no con el príncipe Dominic. Quería disfrutar de sus atenciones un poco más.

Ella se giró en el asiento para mirar a los paparazzi por la ventanilla trasera mientras el taxi rodeaba el hotel. El giro hizo que el vestido se le subiera y a punto estuvo de ver lo que el biquini debería estar ocultando. Cerró fuertemente lo puños para contener el deseo de acariciar la fina piel de sus muslos.

—Será algún otro famoso —dijo ella—. Amelia dice que el hotel está lleno de famosos.

—¿Quién es Amelia?

—Mi amiga y otra de las damas de honor. Le gustan las revistas y los programas de cotilleos. Dice que la seguridad del hotel lo convierte en un lugar perfecto para los famosos. No permiten que entren los fotógrafos e imagino que por eso están en la calle.

Tenía que evitar a aquella amiga.

—¿No te gustan las revistas de cotilleos?

Ella se giro hacia él y lo miró.

—No, no me gusta ver la televisión ni tengo tiempo para leer esas revistas. Hago cuatro o cinco turnos de doce horas a la semana y normalmente voy al gimnasio una hora al día.

Eso explicaba por qué no lo había reconocido. Por desgracia, se había hecho famoso durante los dos años siguientes a la muerte de Giselle, cuando había tratado de olvidar su pena con fiestas y mujeres.

—Tu trabajo en el gimnasio se aprecia.

Ella inclinó la cabeza, dejando al descubierto su esbelto cuello.

—¿Es eso un cumplido, Damon?

—Estoy seguro de que eres consciente de tu esbelta figura, Madeline. No necesitas mis elogios.

—¿Estás bien? —preguntó ella arqueando las cejas.

–¿Por qué no iba a estarlo?

–Pareces un poco… tenso.

Él bajó la mirada hasta su muslo. Ella lo imitó y se sonrojó. Una sonrisa asomó a sus labios mientras se bajaba el vestido. Aquella mujer lo estaba volviendo loco y estaba disfrutando cada segundo.

–Mónaco es tan pequeño que podíamos haber ido andando –dijo ella.

–Ya has tomado suficiente sol.

Además, en un taxi sería más difícil que lo reconocieran. El conductor se acercó a la acera y paró. Dominic le pagó y abrió la puerta. Al bajarse, se percató de que Ian salía de otro taxi e inclinando ligeramente la cabeza, le señaló el restaurante italiano.

Madeline tomó la mano de Dominic para salir del coche y se detuvo junto a él en la acera sin soltarlo. Aquel pequeño gesto le gustó. ¿Cuándo había sido la última vez que una mujer lo había tomado de la mano? Era un gesto muy simple y ahora se daba cuenta de lo mucho que lo había echado de menos.

–Mónaco tiene un protocolo muy estricto. ¿Estás seguro de que estamos vestidos adecuadamente?

«Al menos, uno de nosotros sí lo está», pensó él.

Se había puesto unos pantalones y un polo antes de dejar la playa. Su atuendo era aceptable, así como el de Madeline, siempre y cuando no se reparara en que no llevaba nada debajo de aquel vestido amarillo. El taxista sacó la bolsa del maletero y Dominic la tomó.

–Es un restaurante desenfadado. Te recomiendo la brocheta de jamón y melón.

Él prefería contemplarla, disfrutar de sus labios rosados, de su suave y delicada piel y de los firmes pezones que se adivinaban bajo la tela.

Dominic la guió hasta el interior y pidió una mesa. Madeline no lo soltó de la mano hasta que se sentaron. Él eligió una silla de espaldas a la puerta. Cuanta menos gente viera su cara, mejor. Ian se ocuparía de guardar su espalda.

La tarde entera fue un ejercicio de autocontrol y no pudo dejar de recordarse que no era un mentiroso. Se había sentido tan inesperadamente atraído por Madeline que había bajado la guardia. Si no hubiera sido porque había hecho aquel comentario sobre su vello rubio, se habría quitado la camisa y su secreto habría quedado al descubierto.

Sin duda alguna, deseaba a Madeline Spencer y llevarse las mujeres a la cama nunca le había resultado difícil. Pero conseguir que alguna de ellas reparara en él como un simple hombre era casi imposible. Iba a tener que revelarle su identidad pronto puesto que no confiaba en mantener el control durante mucho más tiempo. Entonces, cuando estuviera seguro de que Madeline aceptara una breve aventura, exploraría cada centímetro de su cuerpo.

Pero antes de revelarle su secreto, necesitaba conocer el suyo. ¿Por qué había renunciado al amor?

Después de pedir sus platos, Dominic decidió averiguarlo.

—¿Lo amabas?

Su sonrisa se congeló, y después desapareció.

—¿A quién?

Su fingida ignorancia no podía engañarlo. Se quitó las gafas y la miró a los ojos.

—Al hombre que te decepcionó.

Madeline comenzó a juguetear con los cubiertos.

—¿Cómo estás tan seguro de que existe? —dijo ella y al ver que él permanecía en silencio, añadió—: ¿Qué es esto? ¿Alguna clase de interrogatorio? Porque si es así tú también tendrás que darme algunas respuestas.

Era arriesgado, pero posible si elegía bien sus palabras.

–¿Lo amabas? –repitió.

–Pensé que sí.

–¿No estás segura?

Ella se agitó en su asiento.

–¿Por qué no me cuentas qué es lo que tienes planeado para nuestra próxima salida?

–Porque tú me pareces un tema mucho más interesante. ¿Por qué te cuestionas tus sentimientos?

Ella suspiró y su expresión reflejó resignación.

–Mi madre tenía cuarenta y seis años cuando nací y mi padre cincuenta. Eran demasiado mayores para cuidar de una niña traviesa. Quería que las cosas fueran diferentes y tener hijos antes de los treinta. Conocí a Mike al acabar la universidad. Parecía el hombre perfecto y nos comprometimos. Pero no funcionó.

–¿Tanto te ha afectado el fracaso de una relación?

Volvió a agitarse en su asiento y Dominic deseó ser la silla.

–Mis padres se divorciaron y no fue agradable. ¿Has tenido alguna relación duradera?

–Sí.

–¿Y? –preguntó arqueando las cejas.

–Mi turno. ¿Por qué terminó vuestra relación?

Ella frunció el ceño.

–Por muchas razones. Intenté durante demasiado tiempo ser la mujer que él y el resto de la sociedad querían que fuera. Además, él encontró a otra.

–¡Qué tonto!

–No negaré que tienes razón –dijo ella sonriendo.

La camarera les llevó sus platos y volvió a marcharse.

–¿Has estado casado alguna vez? –preguntó Madeline antes de probar la brocheta.

–Sí.

Se quedó quieta, manteniendo su mirada. Después dio un bocado y masticó.

–¿Qué ocurrió?

–Murió –dijo.

Pronunció aquella palabra sin sentimiento. Había aprendido a ocultar su dolor tras una barrera de frialdad.

Un brillo de compasión asomó a sus ojos.

–Lo siento. ¿Cómo ocurrió?

–Un embarazo utópico.

Ella alargó la mano y acarició la de él. Su roce pareció reconfortarlo. Debía de haber sido difícil perder a su esposa y a su hijo a la vez.

–¿Supiste que estaba embarazada antes de que ocurriera?

¿Cómo podía una extraña comprenderlo mejor que los que tenía cerca?

–Sí, fue duro y no, no sabíamos del bebé.

Le había molestado mucho que en el momento de la muerte, muchos se preocuparan más de la pérdida de un posible heredero al trono que de la pérdida de su esposa, su amiga, su amada Giselle. Recientemente, había logrado superar su dolor y había accedido a pasar por otro matrimonio. Si sus hermanas hubieran tenido hijas en vez de hijos, nunca lo habría hecho.

Continuaron comiendo en silencio. Dominic esperó a que Madeline terminara para seguir preguntando.

–¿No deseas tener otra relación o cumplir el deseo americano de tener una casa con una valla blanca y dos niños?

Ella se enderezó y bajó las manos a su regazo.

–No, he olvidado mis deseos de tener hijos. Es hora de

preocuparme por mí misma, por mis necesidades, por mi carrera. No necesito un hombre para sentirme completa y no necesito un matrimonio para encontrar pasión.

–¿Te hacen felices las relaciones breves sin amor?

–Así es. De hecho, prefiero que sea así. Si quiero un ascenso, hacer un viaje o estar hasta tarde con mis amigos, no necesito preocuparme por nadie. Así que… –dijo rozando sus dedos–. ¿Qué dijiste en la playa acerca de mantener el control? Perderlo conmigo no será ningún problema.

Él respiró hondo. No podía ser más clara: buscaba un amante. Y él estaba dispuesto a serlo. La duda era si debía revelar su verdadera identidad o no decirle nada teniendo en cuenta que tan sólo buscaba una aventura. Por qué tenía que estropear aquella complicidad? Porque de una cosa estaba seguro, y era que en cuanto supiera su secreto su relación cambiaría.

Se puso de pie y dejó unos cuantos billetes sobre la mesa.

Ella tomó su mano y el deseo de tomarla entre sus brazos se acrecentó.

–Tú pagaste el taxi. ¿No debería yo pagar esto?

–No –respondió él apartándole la silla–. Conozco una entrada trasera al hotel.

Ella se levantó y sus senos rozaron su pecho, antes de que él la tomara por la cintura.

–¿Qué pasa con tu otra cita?

Dominic bajó la mirada desde sus ojos verdes hasta su boca.

–No hay nada más importante ahora mismo que saborearte.

Ella se pasó la lengua por el labio inferior y él contuvo un gemido.

–Podemos ir a tu casa.

Una vez más, la mentira estaba complicando las cosas.

—Comparto casa con un amigo —dijo él negando con la cabeza.

—Y yo comparto suite con la novia y dos damas de honor. Tengo mi propia habitación, pero no me parece apropiado llevar a un hombre.

Además, tenía que evitar a aquella amiga tan seguidora de los famosos. Apretó los dientes para contener un gemido de frustración y la tomó de la mano. Salieron del restaurante y pasaron junto a un banco en el que estaba sentado Ian. Dominic miró a su alrededor, buscando hacer lo que tanto deseaba. Reparó en unos arbustos y tirando de Madeline, se ocultaron tras un olivo y la tomó entre sus brazos.

—¿Qué…

Su boca la interrumpió. Al primer roce con sus labios, una oleada de deseo lo invadió. Sus lenguas se encontraron y Madeline lo rodeó por la cintura.

Su esencia a flores y cítricos lo invadió y sintió la calidez de su cuerpo. Hundió una mano entre sus rizos y con la otra acarició la curva de su cadera, estrechando su incipiente erección contra su vientre.

Una bocina sonó en la cale, lo que le hizo recordar dónde estaba y la posibilidad de la presencia de paparazzi. Excepto por unos meses locos, siempre había evitado a la prensa. Pero con Madeline se había olvidado. A regañadientes, apartó la cabeza.

Madeline abrió los ojos y parpadeó. Sus húmedos labios eran una invitación para continuar besándola.

—La espera ha merecido la pena.

Por primera vez en años, Dominic se sintió como un hombre y no como parte de una dinastía.

—En nuestro próximo encuentro, tendremos algo de intimidad.

Capítulo Tres

El jueves por la mañana se sintió incómoda, pero no estaba dispuesta a decírselo a Candace, así que se esforzó en mostrar una sonrisa.

Viendo a la dependienta alrededor de su amiga Madeline recordó el vestido que su madre y sus tías le habían hecho para la boda. Las tres mujeres habían dedicado todo un año a coserle el vestido y el velo de encaje que nunca se pondría.

Tenía que haberse dado cuenta de que su compromiso no tenía futuro cuando ella deseaba una boda en una catedral y Mike prefería una boda informal o una ceremonia rápida en Las Vegas.

Apartó aquellos pensamientos y sonrió.

–Estás preciosa, Candace. Ese vestido te queda perfecto.

–¿De veras? –preguntó su amiga acariciando la seda del vestido y girando frente al espejo–. ¿No se nota?

Madeline sintió otro pellizco de dolor en su interior. Si hubiera continuado con su plan, seguramente ahora tendría varios hijos. Aunque teniendo en cuenta que Mike era incapaz de mantener subida la cremallera de sus pantalones, quizá ahora estarían divorciados y librando una batalla por unos niños inocentes. Nadie mejor que ella lo sabía puesto que sus padres se habían divorciado cuando tenía diez años y había sido muy duro. Lo mejor había sido romper con Mike y, por suerte, debido a su paranoia por el dos por ciento de fracaso en el uso de la píldora, lo había llevado a usar preservativos.

La expresión interrogante de Candace le hizo regresar de sus pensamientos.

—Candace, nadie sabrá que estás embarazada a menos que lo digas. El corte imperio disimula, aunque no hay nada que disimular. Estás de tan sólo ocho semanas.

Candace le había revelado su embarazo antes de dejar Carolina del Norte. Quería que Madeline, además de su propio ginecólogo, le garantizara que viajar durante el primer trimestre no conllevaría riesgos para el bebé.

—De acuerdo, me quedo con este vestido. *Je voudrais acheter cette robe* —añadió dirigiéndose a la dependienta.

Candace y la mujer continuaron conversando en francés mientras se quitaba el vestido, sin que Madeline entendiera una palabra de lo que estaban diciendo. Debería haberle pedido prestados a Stacy los CDs con clases de francés que había empleado.

Su amiga se sacó el vestido por la cabeza y la dependienta lo tomó y se fue. Candace volvió a ponerse su ropa, atravesó el probador y tomó a su amiga de la mano.

—Tuviste suerte de deshacerte de él. Lo sabes, ¿verdad?

Madeline parpadeó. Debería haber adivinado que su amiga no se dejaría engañar por su falsa alegría. Habían pasado por muchas cosas juntas durante los últimos doce años: universidad, sus noviazgos con Mike y Vincent, las muertes del padre de Madeline y del hermano de Candace…

—Lo sé y créeme si te digo que no lo echo de menos.

—Pero los preparativos de la boda están siendo difíciles para ti –afirmó–. Lo siento, pero no podría estar haciendo esto sin ti, Madeline.

–Me alegro de verte tan feliz.

–Ya te llegará tu turno –añadió Candace y antes de soltarle la mano, le dio un último apretón.

«No mientras funcione mi cerebro. Sabe Dios que nunca volveré a pasar por lo mismo».

–¿Cuándo nos presentarás a ese atractivo guía?

–No lo sé. Se lo preguntaré. No lo veré hasta el sábado.

Quedaban dos días, pero parecían años.

El día anterior, después de besarla, la había metido en un taxi con la promesa de la pasión que estaba por llegar. Si aquel beso era una muestra de lo que podía esperar, entonces sería una pasión como nunca había experimentado. No recordaba que un abrazo de Mike le hubiera hecho nunca olvidar dónde estaba.

La noche anterior, después de cenar con Candace en el restaurante del Hotel Hermitage, al regresar a su habitación, se encontró con un mensaje de Damon diciéndole que había alquilado un velero para el fin de semana. Había encontrado un lugar donde estar a solas. La boca se le secó, las manos se le humedecieron y el pulso se le aceleró. Se sentía desinhibida, salvaje y libre. Una novedad para ella.

–Quizá Damon se enamore locamente de ti y dentro de tres semanas tengamos una segunda boda –dijo Candace interrumpiendo los pensamientos de Madeline.

Madeline protestó.

–No empieces a emparejarme. Bastante tengo con sufrir tus citas a ciegas en casa. Además nunca sería tan estúpida como para casarme con un hombre en tan poco tiempo.

Se colgó el bolso en el hombro y abrió las puertas

confiando en que Candace dejara aquel tema en el probador de la boutique.

—Así son las cosas. Cuando amas a alguien no quieres esperar. La única razón por la que esperé a casarme con Vincent fue porque insistía que quería hacerse a la idea de verse casado.

Lo que le hizo recordar a Madeline el duro año que su amiga había pasado. Vincent se había quemado el lado derecho de su cuerpo en un accidente un año antes. Madeline lo había tratado en urgencias nada más llegar al hospital y después Candace había sido su enfermera durante su larga estancia en la unidad de quemados. Antes de ser dado de alta, se habían enamorado perdidamente el uno del otro.

Madeline tenía que reconocer su mérito a Vincent. Había tratado de convencer a Candace de que se merecía un hombre sin secuelas. El amor era ciego, un hecho que ella conocía perfectamente. Candace entregó su tarjeta de crédito al cajero y se giró a Madeline.

—El hecho de que salieras con Mike durante casi un año antes de comprometerte y de que no lo obligaras a fijar una fecha durante seis años es una prueba de que no tenías ninguna prisa para atarte a él.

Tenía razón. Odiaba cuando los demás veían cosas que a ella se le escapaban.

—¿Desde cuando eres psiquiatra? Creía que eras tan sólo una enfermera.

Candace se encogió de hombros.

—Enfermera, psiquiatra... la mayoría de los días soy ambos en la unidad de quemados. Pero no necesito ser psiquiatra para saber que Mike no te trató bien. Te mereces un buen hombre, Madeline.

—A partir de ahora, sólo quiero hombres de usar y tirar.

—Es una reacción normal ante las mentiras de ese estúpido. Ya te repondrás, tú eres la que creía que el único amante que habías tenido acabaría siendo tu esposo.

Madeline se sonrojó y miró a la dependienta. Si la mujer entendía inglés, como la mayoría de la gente en Mónaco, no dio ninguna muestra de estar interesada en su compensación.

El tener padres mayores había hecho que los valores de Madeline fueran de la época prehistórica y había esperado a estar enamorada para acostarse con un hombre. Y todo porque su padre había sido un detective con los pretendientes de su hija. Después había estado muy ocupada estudiando y trabajando como para tener la energía necesaria para tener citas. Pero ahora, tenía la intención de recuperar todo el tiempo perdido.

—Mi falta de experiencia es una circunstancia que intentaré cambiar cuanto antes.

—Sigo creyendo que sientes algo más hacia Damon Rossi que simple atracción. Nunca te he visto perder la cabeza tan rápido.

Madeline no contestó nada hasta que las puertas de la tienda se cerraron tras ellas.

—Candace, no he perdido la cabeza. Estoy caliente, eso es todo. Llevo dos años de abstinencia.

—Cierto. Tardaste diez meses en acostarte con Mike. Y ahora, quieres saltar sobre Damon nada más conocerlo. Escucha tu subconsciente, Madeline. Está tratando de decirte algo.

—Te equivocas completamente. Y voy a demostrártelo.

***

38

Aquello tenía que ser un error. Madeline se detuvo en un largo embarcadero del puerto de Mónaco. Habría más de cien barcos a su alrededor y, al ser sábado, había mucha gente por allí, hablando en diversos idiomas. Los barcos de aquel muelle eran grandes. Ninguno de ellos era el pequeño bote que había imaginado que Damon alquilaría. Volvió a leer la nota con el número que el recepcionista del hotel le había dado.

Quien fuera que hubiera tomado el mensaje se había equivocado.

Se colocó en el hombro el asa de su bolsa de playa y comenzó a caminar, por si acaso había algún bote pequeño oculto entre los grandes. Si no era así, volvería al hotel y esperaría a que Damon la llamara para darle instrucciones correctas. Seguramente se daría cuenta de que algo pasaba cuando viera que no llegaba a la hora fijada. Le quemaba el sol en la piel. Las piezas de los barcos a su alrededor crujían y los pájaros cantaban sobre su cabeza. Una suave brisa agitó su pelo y ajustó la ropa contra su cuerpo. Tan sólo había pasado media docena de yates cuando vio una silueta familiar, con pantalones y camisa blancos, adentrándose en un gran barco. Su corazón se detuvo a la vez que sus pasos. El hotel no se había equivocado, Damon había alquilado un yate. Y puesto que Candace no tenía ninguna cita para el día siguiente Madeline podía pasar fuera la noche si así lo quería.

Continuó caminando. Su respiración era entrecortada, como si hubiera corrido desde el hotel en lugar de usar el coche que Damon le había enviado. Nunca había tenido una apasionada relación sin compromiso alguno, pero si embarcaba en aquel barco, no habría vuelta atrás.

«Eso es lo que quieres», se dijo. Pero aunque así fuera, estaba nerviosa. La distancia entre ellos parecía alargarse indefinidamente.

Damon no sonrió ni se acercó a ella. Con los brazos a los lados y las piernas ligeramente separadas, esperaba como si fuera miembro de algún club náutico. Supuso que un buen guía turístico tenía que encajar a la perfección en el entorno, así que sabría llevar un yate probablemente más caro que su apartamento. Llegó a su lado, se colocó las gafas de sol en la cabeza y esperó, mirando el yate.

—No quiero que Vincent tenga que pagar esto. Ya me ocuparé, si es que puedo permitírmelo.

—Me han prestado el barco, así que no hay nada que pagar —dijo Damon tomando su bolsa.

Sus dedos rozaron su brazo y Madeline sintió un nudo en el estómago. A continuación la tomó por la espalda, haciendo que su temperatura corporal subiera varios grados.

—Bienvenida a bordo, Madeline.

—Tengo que decirte que nunca antes he subido a un velero. No sé diferenciar la proa de la popa.

Una sonrisa asomó a los labios de él.

—No tienes nada que temer. No te pediré más de lo que estés dispuesta a dar. Lo único que tenemos que hacer es disfrutar del velero y de la mutua compañía.

Ella inspiró hondo. Sabía leer perfectamente sus pensamientos. No era la navegación lo que le ponía nerviosa. Era la idea de estar a solas con él, de entregarse a aquellas extrañas sensaciones y embarcarse en un viaje tan sensual.

—De acuerdo.

La guió hasta la cubierta trasera del barco. Una pared de un metro de altura rodeaba un área de cinco metros cuadrados. Él bajó por una escalera hasta la cabina interior y se giró ofreciéndole la mano.

–Ten cuidado con el escalón y la cabeza.

Lo tomó de la mano y su calor se dispersó haciendo que le temblaran las piernas. Al final de la escalera se detuvo y parpadeó para que sus ojos se acostumbraran a la oscuridad del interior. Una vez su vista se ajustó, lo que vio le sorprendió. El lujo de la madera y el cuero de la cabina superaban todo lo que había visto, incluyendo la suite del hotel. Sin soltar su mano, Damon la llevó hasta el cuarto de estar y la cocina. Atravesó otra puerta y se hizo a un lado para que ella entrara. Una cama dominaba el espacioso camarote, una cama que pronto compartiría con él. Su corazón latió aún más fuerte. La habitación pareció encogerse. Su piel se humedeció y su boca se secó.

Las largas y estrechas ventanas horizontales permitían que la luz del sol entrara, templando la estancia.

–Puedes cambiarte aquí o en la proa –dijo él dejando la bolsa sobre la cama y señalando el baño. Luego se quitó las gafas y las dejó sobre el colchón, antes de tomarla por los hombros.

–¿Necesitas que te ayude a cambiarte? –preguntó mirándola con ojos de deseo.

–Eh... no –dijo tragando saliva.

Quería una aventura y la había encontrado. Estaba nerviosa y excitada.

Él bajó las manos acariciando sus brazos y la tomó por la cintura, encontrándose con su suave piel. Un escalofrío la recorrió al sentir sus dedos sobre su vientre. Las caricias de Mike nunca le habían afectado de aquella manera ni siquiera en los primeros días.

–Estaba deseándolo –dijo bajando la cabeza y besando suavemente sus labios.

–Yo también –dijo rodeándolo por el cuello.

Dejando escapar un gemido, la estrechó contra él y la besó con pasión.

Su torso era fuerte y su lengua se movía con destreza. Madeline lo abrazó, disfrutando de las sensaciones que la invadían. Acarició su pelo, y luego dejó caer las manos hasta su espalda deteniéndose en sus anchos hombros.

Los pasos se oyeron sobre ellos y se sobresaltó.

—¿Qué es eso?

—Nuestra tripulación está embarcando. Nos quedaremos aquí abajo hasta que dejemos el puerto.

¿Había más personas a bordo? Había pensado que estarían a solas.

—¿Por qué?

—Para mantenernos apartados mientras ellos hacen las maniobras necesarias.

—No, me refiero a por qué tenemos tripulación.

—Porque mi atención estará puesta en ti y no en la navegación. Ponte el bañador y nos vemos en el cuarto de estar —dijo él saliendo de la habitación y cerrando la puerta.

Madeline se quedó mirando las paredes de madera.

«Olvídate de la paranoia y disfruta el fin de semana. Tiene sentido tener tripulación en un barco tan grande como éste, teniendo en cuenta que no sabes nada sobre navegación».

Seducirla en el mar Mediterráneo era todo lo que Damon había hecho desde que salieran de Mónaco.

Madeline estaba a su lado en la proa del barco anclado. Dio un sorbo a su vino y trató de disfrutar de la calma mientras cada célula de su cuerpo temblaba pensando en lo que se avecinaba para esa noche. Las luces de la costa brillaban en la oscuridad. No sabía de qué ciudad o país serían.

Giró la cabeza y se encontró con la mirada azul de

Damon fija en ella, bajo la luz de la luna. Una energía sexual irradiaba de ella. Todo el día había sido una larga sesión de seducción. La había mimado desde el momento de llegar al barco. Pero no había dejado que ella lo correspondiera. No se había quitado la camisa y había insistido en que se guardara sus caricias. Fueran como fueran las marcas que ocultaba bajo aquella ropa, le demostraría que no le importaban.

Damon abrió la boca para decir algo, pero volvió a cerrarla como había hecho varias veces aquel día. Se quedó mirando el vino de su copa, luego se lo acabó de un trago y volvió a observarla de nuevo.

¿No se sentiría intimidado, no? No parecía un hombre reticente. Pero lo cierto es que no sabía nada de él tampoco. Era un hombre muy sexy.

Ella lo rodeó por la cintura, se puso de puntillas y lo besó en la mejilla puesto que no alcanzaba sus labios. Damon agachó la cabeza y la besó en la boca. Sabía a vino, sal y promesas de pasión. Luego se separó.

—Aquí no. Vayamos abajo.

Entrelazó sus dedos con los de ella y rápidamente entraron. No había ni rastro de Ian y Makos, o de la tripulación. Debían de estar en la popa del barco. Se había preocupado sin motivo. Hacían su trabajo eficientemente, sin interferir en su intimidad, a pesar de que era evidente su presencia.

Damon dejó las copas en el mostrador de la cocina antes de llevarla al dormitorio y cerrar la puerta. La luz plateada de la luna se filtraba y las estrechas ventanas, bañando la habitación.

Él no encendió las luces y Madeline se preguntó si sería por culpa de sus cicatrices o por lo que fuera que ocultaba bajo su camisa. Apenas podía oír el golpe de las olas contra el casco debido a los latidos de su corazón.

La expresión de Damon se volvió seria y parecía algo incómodo.

–Madeline –dijo tomándola por los hombros.

–También estoy nerviosa.

Él volvió a abrir la boca para decir algo, pero ella sacudió la cabeza y acarició su labio inferior.

–¿Creerías si te digo que tengo treinta y dos años y sólo he tenido un amante? No te lo digo porque quiera algún tipo de compromiso. Esta aventura es aquí y ahora, eso es todo. Es sólo que quiero que sepas que igual no tengo demasiada destreza. Pero aprendo rápido. Y ahora, bésame. Llevas todo el día volviéndome loca y no puedo esperar un segundo más.

Pero la hizo esperar un segundo antes de rodearla con el brazo y atraerla hacia él. Tomó su boca con un beso desesperado y luego vinieron muchos más. Ella se separó para tomar aire y sus manos se encontraron. Después de un día sin poder tocarlo, Madeline disfrutó acariciándolo. Los músculos de sus brazos se relajaron bajo sus caricias. Luego continuó recorriendo su espalda, su cintura y finalmente su trasero. Su gemido vibró como una tormenta. Él la tomó por las nalgas y la atrajo hacia su erección. Fueran cuales fueran sus deficiencias, aquélla no era una de ellas.

Damon se quitó la chaqueta que se había puesto para cenar y deslizando las manos bajo la camiseta de Madeline, se la sacó por la cabeza. Su sujetador blanco brilló bajo la luz de la luna y en un segundo se lo había quitado y sus cálidas manos acariciaban sus pechos. Disfrutando de aquel placer, cerró los ojos y dejó caer la cabeza. El placer emanaba desde sus pezones y descendía hasta un nudo de deseo bajo su ombligo.

Él bajó la cabeza y acarició la aureola con su lengua caliente y húmeda, las piernas le temblaban.

–Date prisa.

Nunca en su vida había estado tan excitada, a pesar de que apenas la había tocado. Seguramente sería por el juego de seducción del día, por su olor, su calor y su sabor único. Fue desabrochando la camisa poco a poco hasta quitársela. La habitación estaba demasiado oscura como para ver algo, pero podía sentir sus músculos duros y fuertes bajo sus dedos. No tenía ninguna cicatriz en la piel, ni nada de lo que avergonzarse.

Tomó el otro pezón entre los dientes mientras le quitaba la falda y la lanzaba al suelo. Ella hizo lo mismo con sus calzoncillos. Quería tenerlo desnudo y dentro de ella antes de alcanzar el orgasmo.

Él la acarició por encima de la suave tela de sus bragas. Estaba muy cerca de alcanzar el clímax y tomándolo de la mano, lo detuvo.

–Preservativos –jadeó–. Tómalos de mi bolsa de playa. Ahora.

–¿Estás impaciente? –preguntó él sonriendo en la oscuridad.

–Sí.

–Quiero saborearte.

–La próxima vez, por favor, Damon, estoy a punto.

La sonrisa de él desapareció y se quedó quieto un segundo antes de tomar su bolsa y acercársela.

Ella revolvió hasta que encontró la caja de preservativos. Sacó uno, abrió el envoltorio y se lo colocó acariciando la dureza de su erección. Él gimió. Mike tendría un ataque de envidia si supiera lo bien dotado que estaba Damon.

Entonces Damon volvió a acariciar sus pezones y el recuerdo de Mike se desvaneció.

Apartó las sábanas y se acostó en la cama. Damon hizo lo mismo atravesando el colchón como un felino.

Impaciente por que la penetrase, se quitó las bragas. Damon las tomó y las lanzó por encima de su hombro.

–Suéltate la trenza.

Su voz profunda le puso la piel de gallina e hizo lo que le pedía. En cuanto el pelo estuvo suelto, él se acercó y devoró su boca, acomodándose sobre ella. El calor de su cuerpo la hizo estremecerse de placer. Su olor masculino la invadió y su sabor le hizo desearlo aún más.

–Por favor –dijo rodeándolo con una pierna.

Él se puso de lado y acariciando su vello se adentró en su humedad. Con sólo tres caricias le hizo alcanzar el orgasmo. Se dejó llevar por el éxtasis y su cuerpo se agitó. Antes de que pudiera protestar, la penetró.

Apenas había podido recuperarse cuando la embistió otra vez. Una y otra vez se hundió en ella. En vez de relajarse como solía ocurrirle cada vez que alcanzaba el clímax, su corazón continuó acelerado y sus músculos se tensaron de nuevo. ¿Podía alcanzar otro orgasmo? Sin creer lo que su cuerpo le decía, clavó sus uñas en su cadera y lo hizo moverse más deprisa. Entonces ocurrió. Oleadas de placer la recorrieron. Sonriendo sorprendida, hundió el rostro en su cuello y lo besó en la oreja.

Damon gimió, mientras volvía a hundirse en Madeline y llegaba al orgasmo, luego se tumbó sobre ella.

–Gracias –susurró.

Damon se incorporó sobre sus codos y la miró satisfecho.

–¿Ha estado bien?

–Oh, desde luego. ¿Querías volver a hacerlo?

Madeline abrió la puerta del baño y volvió al dormitorio. Damon se dio la vuelta bajo las sábanas. Habían hecho el amor tres veces esa noche y había conseguido sacar la mujer multiorgásmica que había en ella. Incluso le había hecho pensar que aquello podía ser algo más que la aventura de unas vacaciones. Le gustaba aquel hombre y era magnífico en la cama.

Su mirada hambrienta recorrió su desnudez, haciéndola sentir sexy, deseada y especial. Él apartó la sábana y dio unos golpecitos en el colchón.

—Ven aquí.

Algo no iba bien y Madeline se detuvo. El cabello de Damon era de un color marrón tabaco, pero el vello de su pecho y el que rodeaba su impresionante erección eran rubios. Como su incipiente barba, o como el de sus brazos y piernas.

—¿Eres rubio?

Un brillo de culpabilidad asomó a sus ojos.

—Sí.

—Damon, ¿por qué habrías de...?

Él sonrió y sacudió la cabeza.

—Dominic. Me llamo Dominic y no Damon.

Un escalofrío la recorrió y se rodeó la cintura con los brazos.

—¿Cómo?

—Puedo explicarlo —dijo levantándose de la cama y dirigiéndose hacia ella.

Madeline levantó una mano para detenerlo. Por un lado su cabeza pensaba en aquel cuerpo digno de la portada de una revista de deportes, pero por otro...

—¿Me has mentido?

—Excepto por el nombre, todo lo que te he contado es verdad.

¿El hombre que le había hecho pasar esa noche increíble le había mentido?

—¿Crees que voy a creerme eso?

–Sí. Madeline, lo siento, pero quería una oportunidad de estar contigo como un hombre y no como un príncipe –dijo mostrando un gesto de resignación–. Soy el príncipe Dominic Andreas Rossid Montagnarde, a tus pies –añadió haciendo una leve inclinación con la cabeza.

¿Qué demonios significaba aquello? ¿De veras era un príncipe?

–¿No te dice nada ese nombre? –preguntó él entrecerrando los ojos.

–¿Debería?

–Mi padre es el rey Alfredo de Montagnarde, un país de tres islas en el sur del Pacífico.

–Soy el heredero al trono.

El pánico que sentía hizo que su corazón latiera con fuerza. Estaba en medio del mar Mediterráneo, a más de una milla de la costa con un mentiroso.

–Por supuesto que eres un príncipe.

La adrenalina fluyó por sus venas. Su padre lo llamaba «instinto de supervivencia» y aseguraba que en más de una ocasión le había salvado la vida. Se había puesto en peligro, pero tenía que salir de aquello. No le quedaba otra opción. Sin apartar la vista de Damon, recogió la falda que se había quitado la noche anterior y se la puso.

–Llévame a la costa.

–Madeline...

–Ahora.

Se puso el sujetador y luego la camiseta. ¿Dónde estaban sus bragas? No podía mostrarse débil de ninguna manera. Encontró la prenda y se la puso.

–No puedo hacerlo, todavía no.

–¿Por qué no? –preguntó asustada.

–Tienes que escucharme. Quiero explicártelo.

Respirando hondo, trató de recordar lo que había aprendido en Urgencias acerca de personas desequilibradas en situaciones peligrosas. No pasaba a menudo, pero había habido veces que había tenido que protegerse hasta que los miembros del Cuerpo de Seguridad habían llegado.

«Norma número uno: sé consciente de los alrededores».

–¿Dónde estamos exactamente?

–Frente a la costa de Francia.

«Norma número dos: no alarmar al sospechoso y mantenerlo tranquilo».

Forzó una sonrisa.

–Damon, de veras quiero volver a la costa.

–Es imposible. No llevas pasaporte –dijo acercándose a ella.

–Madeline...

–Quieto, quédate dónde estás.

«Norma número tres: cuando todo lo anterior falla, usar las armas más a mano».

Había cuchillos en la cocina. Los había visto la noche anterior mientras Damon y ella preparaban la cena. Damon había cocinado. ¿Qué príncipe cocinaba? La realeza tenía sirvientes para esa clase de menesteres. Así que no podía ser un príncipe.

Se puso los zapatos y salió a la cocina. Tenía que salir de aquel barco.

Ian y Makos estaban sentados a la mesa ¿la ayudarían? ¿También eran parte de aquello? Podría hacerse cargo de un desequilibrado, pero de tres... Abrió los cajones hasta que encontró un cuchillo. Entonces, Damon o Dominic, como fuera que se llamase, entró en la cocina y se acercó a ella. Usando uno de los movimientos de autodefensa que su padre le había enseñado, tomó su brazo derecho y se lo llevó a la espalda amenazándolo con el cuchillo en el cuello.

—Diles a tus amigos que me lleven a la costa ahora mismo.

De pronto se encontró con dos pistolas apuntándola desde el otro lado de la habitación. Los miembros de la tripulación también estaban metidos en aquella farsa e iban armados.

Había sido secuestrada.

Capítulo Cuatro

–Ian, Makos, bajad las armas –ordenó Dominic, pero ninguno se movió–. Es una orden.

–Pero alteza –protestó Ian.

–Madeline no va a hacerme daño.

Dominic lo creía sinceramente. Podía sentir la tensión en el cuerpo de Madeline contra su espalda desnuda y había reparado en el temblor de su mano junto a su cuello, la misma mano que le había dado tanto placer durante la noche.

–Eso es lo que crees. Soy un profesional de la medicina y sé dónde cortar para hacerte caer al instante.

A pesar de que su mano podía estar temblorosa, su voz era firme. Estaba totalmente convencida de que su vida corría peligro.

Los guardaespaldas bajaron las armas, pero volvieron a subirlas al oír la amenaza.

Dominic se movió unos centímetros a su derecha para evitar que aquellos hombres pudieran hacer blanco en ella.

–Quizá debería decirte que Ian y Makos son mis guardaespaldas. No es prudente provocarlos.

Un ligero movimiento de su cabeza hizo que los hombres guardaran las armas con evidente reticencia. No dudaba de que Madeline pudiera matarlo, pero no quería averiguarlo.

–Si me haces daño, no sólo perderás un escudo humano, sino el poder de negociar. Suéltame antes de que alguien salga herido.

—Sí, claro. ¿Y luego qué? Tus matones y tú me venderéis. O quizá pidáis un rescate.

—No tengo intención de pedir un rescate o venderte. Volvamos a puerto. Ian, préstale tu teléfono a Madeline para que llame al hotel. Gustavo te dará referencias de mí.

Sus pechos le rozaron la espalda y podía sentir su aliento en la nuca.

—El conserje seguramente está detrás de este intento de secuestro. Me dijo que podía confiar en ti. Si llamo a alguien es a la policía.

—No has sido secuestrada. Subiste a este barco por tu propio pie y eso lo podrán atestiguar las otras personas que había en el puerto. Llama a las autoridades si tienes que hacerlo, pero será una pérdida de tiempo, además de un momento embarazoso una vez que aparezcan los periodistas.

—¿Qué periodistas?

—Los que intento evitar con mi disfraz. Me teñí el pelo y me afeité la barba porque quería disfrutar de las vacaciones sin ser perseguido por los paparazzi, por eso evité volver al hotel después de nuestro baño en Lanvotto. No quiero que me reconozcan esos depredadores con sus teleobjetivos.

Pasó un minuto. Aunque nunca había hecho uso de su destreza, había sido entrenada desde pequeña para situaciones como aquélla.

Si no fuera porque no quería hacer daño a Madeline ya se habría soltado. Ya había faltado a su confianza defraudándola.

—Dejen las armas en el mostrador y deslícenlas hacía aquí —ordenó Madeline—. El teléfono también.

Él hizo una señal con la mano libre a Ian y a Makos para que obedecieran. Ambos hombres la miraron como si hubiera perdido la cabeza y después de un tenso silencio obedecieron.

Ella se acercó hasta las armas, sin dejar de amenazarlo con el cuchillo al cuello. La triste realidad era que su fuerza y valentía le habían impresionado y lo excitaban. Por suerte, se había puesto los pantalones antes de salir tras Madeline.

Nunca había conocido a una mujer como Madeline Spencer. Cada vez que pensaba que la conocía, aparecía una nueva e intrigante pieza en el puzzle.

¿Quien era aquella mujer que no dudaba en defenderse? ¿Y que le había hecho su ex novio para desilusionarla tanto en el amor y volverla tan desconfiada?

—Quiero regresar a puerto.

—Entonces tienes que dejar que Ian y Makos suban a la cubierta. Estaremos de vuelta a Mónaco en una hora.

Eso le daría el tiempo para convencerla de que confiara en él y lo perdonara.

Había querido decírselo antes de hacerle el amor. Cada vez que había abierto la boca para hacerlo, la había mirado a los ojos y había considerado lo que podía perder: su cálida sonrisa, su aspecto relajado y sensual, la fluida conversación entre un hombre y una mujer que eran iguales… Había vivido demasiados años en una estricta formalidad. Le había mostrado lo que se había perdido, lo que una relación debía ser y lo que su futuro matrimonio no sería.

La noche anterior, cuando le había hecho callar poniéndole un dedo sobre los labios, había sido tan débil como para dejar que el deseo nublara su razonamiento. Pero esa mañana, cuando lo había llamado por su nombre ficticio, no había podido soportarlo más. Quería que la próxima vez gritara su nombre al alcanzar el orgasmo.

Tenía que haber una próxima vez. Estaba decidido a disfrutar de sus últimos días de libertad en la cama de Madeline y en su compañía. A pesar de creer que no tenía suficiente experiencia como amante, le había mostrado una sensualidad que le había hecho experimentar un placer que hasta entonces desconocía. No estaba listo para dejarla marchar. Aún no. Aunque en breve debería hacerlo.

Ella le retorció la muñeca para captar su atención, aunque sin hacerle un daño excesivo.

—¿Tan estúpida crees que soy? Podrían dirigirse a cualquier sitio.

—Puedes fijarte en la pantalla del GPS y saber si nos dirigimos a puerto o no. Tienes el teléfono, un par de pistolas y a mí como rehén si se dirigen en otra dirección. Además, Madeline, tienes mi pasaporte en el camarote. Compruébalo.

Otro roce de sus pechos contra su espalda y otra oleada de excitación que lo invadía bajo su cintura.

—Como si no pudieras haberlo falsificado.

—Entonces, busca en Internet.

—Vaya, hombre, se me olvidó meter el ordenador en mi bolsa de playa —dijo ella con ironía.

—Entonces, cuando volvamos al hotel. Tengo un portátil en mi suite.

—¿Crees que iré tras de ti después de esto? ¿Y qué quieres decir con tu suite? ¿Te estás quedando en el Hotel Reynard?

—Sí, en tu misma planta, pero al otro lado del pasillo, en la suite real. Somos vecinos. ¿Por qué si no iba a estar esperando el ascensor que va al ático el día que nos conocimos?

Ella frunció el ceño mientras pensaba en ello y protestó, mientras se movía tras él. Con cada movimiento, sus pechos rozaban su espalda desnuda, una distracción que debía evitar si no quería que todo acabara en desastre.

–Tus guardaespaldas pueden volver a cubierta, pero cerraremos la puerta y si intentan entrar dispararé.

–¿Sabes usar una pistola?

La mayoría de los accidentes con armas sucedían a manos de inexpertos y prefería evitar un derramamiento de sangre, especialmente la suya.

–Mi padre era policía. No sólo sé usar un arma, sino que tengo muy buena puntería.

Ian llamó la atención de Dominic y se dio unos golpes en la pierna para indicarle que tenía otro arma junto a su tobillo. Dominic le hizo una señal negativa, para indicarle que podía controlar la situación. Era evidente que Ian no estaba de acuerdo, pero aceptó la orden silenciosa de Dominic con un ligero movimiento de cabeza.

–Levad anclas y volvamos a puerto.

La orden de Dominic contradecía todos los juramentos que los guardaespaldas habían hecho. Los miembros de la guardia real debían estar dispuestos a morir por su país. Y eso incluía no dejar a uno de líderes con un cuchillo al cuello. Pero Ian y Makos obedecieron, subieron la escalera y cerraron la puerta.

Madeline lo empujó hacia la escotilla y echó el pestillo.

–Siéntate –dijo empujándolo al sofá.

Dominic se sentó porque pensaba que no oponerse sería mejor para su propósito que imponer su autoridad o su superioridad física.

Madeline mantuvo en alto el cuchillo sin dejar de mirarlo, mientras cerraba las persianas de cada ventana. Era un gesto inteligente, ya que al impedir que Ian pudiera ver desde el exterior, no intentaría ninguna hazaña heroica.

Para hacerla sentir menos amenazada, Dominic puso los pies sobre la mesa de centro y se reclinó sobre su espalda, apoyando las manos en su estómago. Nada más hacerlo, Madeline se fue hasta el mostrador y tomó las armas.

Las manipuló con soltura, comprobando los seguros, antes de volver a guardar el cuchillo en el cajón. Su admiración hacia ella subió otro punto. Era inteligente, con recursos y sabía mantener la calma en situaciones extremas. Por no mencionar lo atractiva que estaba.

—Mi pasaporte está en mi bolsa. En la foto aparezco rubio y con barba, pero me conoces desde hace una semana y has pasado la noche en mi cama. Deberías ser capaz de reconocerme a pesar del tinte y el afeitado.

Ella se mantuvo alejada.

—Me da igual tu pasaporte. Sigues siendo un mentiroso.

—No era mi intención ocultar mi identidad, pero Madeline, cuando me miraste aquella noche en el ascensor, vi a una mujer que me deseaba a mí y no a un príncipe. ¿Tienes idea de lo raro que eso? Tan sólo me ha ocurrido una vez y fue con Giselle, mi esposa.

—Ahórrame los detalles. Estoy convencida de que ésa es otra mentira.

—Por desgracia no lo es. Conocía a Giselle desde la infancia. Nos comprometimos cuando yo tenía diecinueve años y ella dieciséis.

—Eso suena medieval.

Él se encogió de hombros y evitó hablarle del complicado proceso de elección de esposa puesto que ni lo entendería ni le interesaría.

–Estoy de acuerdo. Era muy joven. Por eso insistí en posponer la boda hasta que yo terminara la universidad. Y luego, como te dije en el restaurante, murió a los dos años de casarnos, junto a nuestro hijo.

–No quiero oírlo.

Él ignoró sus palabras y continuó hablando para mantenerla tranquila y que así bajara la guardia.

–Mi país tiene tradiciones muy antiguas debido a que el comité de consejeros teme los cambios.

–Sí, claro –dijo ella haciendo una mueca.

–Se cree que Montagnarde fue un enorme volcán y que hace sesenta millones de años, el océano rompió sus paredes y extinguió el fuego. Ahora hay tres islas rodeando un mar de aguas cristalinas.

–Qué gran imaginación. Deberías escribir un libro.

–Él sonrió ante su tono irónico. No lo creía. ¿Se volvería más interesada en lo que su poder y riqueza podían reportarle una vez que admitiera su identidad? Sin duda alguna y cuando lo hiciera, su fascinación por ella terminaría.

–Mi hermana pequeña está escribiendo la historia de las islas. Tengo tres hermanas: Danielle, Yvette y Brigitte –dijo antes de continuar–. Mi bisabuelo se ocupó de proteger las fronteras de los forasteros y de las pestes que pudieran acabar con las cosechas y la vida salvaje. Mi abuelo se encargó de construir un gran sistema de transporte dentro y alrededor de las islas y mi padre se ha preocupado por la exportación de nuestros productos. Yo estoy decidido a que el mundo conozca las bellezas de Montagnarde. Al igual que Mónaco, deberíamos explotar nuestro potencial turístico. Por eso fui a la universidad y he estado los últimos diez años analizando el turismo. Quiero llevar a cabo algunos cambios en mi país y que ocupe un lugar en el mapa.

–Así que admites que tu país no está en el mapa –dijo Madeline, continuando con su ironía.

–En cuanto a que sea conocido, todavía no. Pero nuestros vinos, aceitunas y productos orgánicos empiezan a tener éxito en mercados internacionales. Respecto a nuestro desarrollo turístico, tenemos montañas para esquiar o escalar, dependiendo de la estación, mares azules para navegar y practicar deportes náuticos, cuevas bajo el agua que explorar y fuentes termales. Nuestros arrecifes naturales y las especies de vida marina son increíbles.

El deseo de mostrarle la belleza de su país fue repentino e inesperado, además de imposible.

–Las esmeraldas de Montagnarde son casi tan bonitas como tus ojos, Madeline –añadió.

–Ahórrate esfuerzos. Estoy cansada de tus halagos.

Se sintió frustrado. Tenía poder y riqueza en la palma de su mano, pero no podía tener lo único que deseaba. Quería pasar más tiempo con Madeline. Pero tiempo era un lujo del que no disponía.

A menos que pudiera sacar alguna ventaja de aquel desastre.

–Eres un caso –dijo Madeline con un tono de disgusto.

–Eso me dijiste anoche. Creo que la palabra que usaste exactamente fue «magnífico».

Deseaba borrar aquella confianza que reflejaba el rostro de Damon. Había sido una estúpida creyéndose todo lo que le había dicho, del mismo modo en que había creído a Mike. ¿Cómo era posible que su sentido común se hubiera desvanecido ante aquellos dos hombres tan atractivos?

–Sigue así y te dispararé. No me gusta que me tomen el pelo.

–¿Es eso lo que hizo tu ex? ¿Tomarte el pelo?

Madeline quitó el seguro a la pistola.

–No es prudente enfadar a una mujer armada.

Damon levantó las manos como si se estuviera rindiendo.

–Entonces, te seguiré hablando de mi tierra.

Ahora se daba cuenta de que la prueba del engaño de Damon había estado delante frente a ella todo el tiempo, sólo que no había reparado en ello. Al igual que le había ocurrido con Mike. Había visto lo que había querido hasta que él la había forzado a ver la verdad.

Odiaba sentirse estúpida, perdida e ingenua.

–Cada una de las islas de Montagnarde tenía uno o más lagos glaciares. Los ríos eran los paraísos de los pescadores. Al igual que Nueva Zelanda, no tenemos serpientes ni arañas.

Madeline se concentró en la pantalla del GPS y trató de ignorar sus palabras. Al fin y al cabo, no dejarían de ser mentira. Sentía que los dos hombres que estaban en cubierta se movían izando las velas.

Estaba atrapada en un velero con un trío de lunáticos. ¿Qué había hecho para merecer aquello? ¿Viviría para contar aquella historia?

–Mi país se descubrió en el siglo XVIII por el conde de Rossi, un francés en busca de una ruta más corta para la India –continuó él–. Su flota perdió el rumbo debido a una tormenta. Acabó en la isla más grande en busca de comida, además de hacer unas reparaciones. Decidió quedarse y explorar.

–Claro. Y los nativos le dejaron echar el ancla y hacerse el dueño.

–Al principio, los habitantes de la isla fueron sobornados con los lujos a bordo de los barcos, pero, por desgracia, después del primer año su número se redujo porque no pudieron soportar las enfermedades europeas que adquirieron igualmente en los barcos de Rossi. El conde, dueño de la flota, se declaró rey y llamó a las islas Montagnarde por las cumbres que asomaban sobre las nubes. Mientras vivió, tan sólo permitió que los mejores artesanos de su país inmigraran a las islas y se dice que sus hombres secuestraron a la mujer más bella de Francia para que fuera su esposa y reina.

Si no hubiera sido por aquel final, la historia le habría parecido creíble.

—Será mejor que no estés pensando en hacer lo mismo.

—Siento que nuestra aventura tenga que terminar cuando me vaya de Mónaco.

—Por si acaso no te has dado cuenta, nuestra aventura ya ha terminado —dijo ella y su estómago rugió.

Miró hacia la cafetera y aspiró el delicioso aroma. Su agitado corazón no necesitaba cafeína, pero necesitaba algo en su estómago para contrarrestar el leve mareo que la adrenalina, unida a la intensa actividad de las últimas doce horas, le había producido.

Con una pistola en la mano derecha, tomó con la izquierda una taza, se echó azúcar y se sirvió café. Lo agitó para no desviar los ojos de Dominic buscando una cuchara y bebió.

—Hay galletas en el armario de tu derecha y huevos, salchichas, fruta y queso en la nevera.

Sus palabras hicieron que la boca se le hiciera agua, pero no estaba dispuesta a darle la espalda a su rehén.

—Te gustaría que bajara la guardia, ¿verdad?

—Preferiría desayunar. Durante la noche hemos abierto apetito.

Ella se sonrojó.

—Imbécil.

Abrió el armario, encontró unos cruasanes y le tiró

uno con tanta fuerza que podía haber roto una ventana de haber sido una piedra.

—Gracias —dijo él tomándolo al vuelo—. También me apetece un poco del café que ha preparado Ian.

Abrió otro armario y sacó otra taza, la llenó y se la dejó al otro lado del mostrador.

Él se levantó y lentamente se acercó.

—No necesitas la pistola, Madeline.

Él siguió acercándose hasta el mostrador. No parecía estar dispuesta a dispararle. Lo suyo no era quitar vidas sino salvarlas. Quizá pudiera herirlo.

—Ni se te ocurra.

Detuvo su avance y apoyó la cadera contra el mostrador.

—No puedo pensar en otra cosa más que en la suavidad de tu piel, tu olor, tu sabor, tu boca ansiosa… Nunca he deseado a una mujer tanto como a ti, Madeline. Podemos volver a disfrutar de esa pasión si dejas la pistola.

Maldito fuera él y su voz seductora. Sintió que se excitaba. ¿Cómo era posible en aquella situación?

Cerró los ojos un instante mientras las imágenes de la noche anterior acudían a su cabeza. En aquel momento, Damon se abalanzó. Sus manos rodearon su cintura y empujó la pistola hacia el techo y chocó su cuerpo contra el de ella, acorralándola contra la puerta de la nevera. La pistola se disparó con un sonido ensordecedor y unos trozos de techo cayeron.

Ella forcejeó, pero Damon la tenía atrapada contra su pecho, sus caderas y sus fuertes muslos contra los de ella.

—Suelta la pistola, Madeline —le ordenó con tranquilidad.

La puerta se abrió bruscamente.

—Suéltala —repitió, esta voz con voz cálida—. Te prometo que no estás en peligro.

No había nada sexy en forcejear por una pistola, pero no había ni un centímetro de su cuerpo que no pudiera sentir en su piel. Su mente traidora recordó lo unidos que habían estado horas antes, separados tan sólo por una capa de sudor. No lograba entender cómo su cuerpo la traicionaba de aquella manera y su cuerpo se tensó.

–Como si fuera a creer lo que dices –murmuró, tratando de ganar espacio.

–No tienes opción.

Su mano comenzaba a estar entumecida por la fuerza con la que él la sujetaba. A la vez que empezaba a abrir la mano, la escotilla se abrió. Por encima del hombro de Damon, vio a Ian con una pequeña pistola.

–Retiraos –gritó Damon.

Su gran cuerpo bloqueaba el suyo de los guardaespaldas. Él levantó la mano mostrando el arma que le acababa de quitar. El otro arma estaba en el mostrador, lejos de su alcance. Había bajado la guardia. Si su padre estuviera vivo, se habría llevado una decepción. Decidido a que su hija no fuera una de las víctimas de aquellos casos que investigaba, le había enseñado técnicas de autodefensa.

–Ian, Makos, bajad las armas. *Mademoiselle* Spencer va a acompañarme al camarote del capitán.

–Ni en tus sueños, príncipe.

–Dadnos unos minutos y luego desayunaremos.

Él la tomó por los brazos y se apartó de ella, antes de tomarla por las muñecas.

–No me hagas atarte –le murmuró al oído–. Aunque quizá volvamos a disfrutar una vez más.

La hizo girarse y la dirigió hacia el camarote. Aunque lo intentara, no podría soltarse. Aquel hombre era muy fuerte. Entraron en la habitación y él cerró la puerta y luego la soltó.

Madeline corrió al otro lado de la habitación y miró a su alrededor en busca de armas, sin encontrar ninguna. Ni siquiera una vasija que estamparle en la cabeza. Pero aunque lo hiriera, todavía tendría que enfrentarse a los otros dos hombres que estaban fuera.

Él buscó algo en su maleta y lo lanzó sobre la cama. Su pasaporte cayó abierto por la página de la fotografía y, al verla, Madeline se quedó sin aliento. Tan guapo como Damon estaba de moreno, era casi más impresionante de rubio, con el pelo peinado hacia atrás dejando ver sus facciones y aquellos impactantes ojos azules.

Ella se acercó y tomó el documento. Su nombre aparecía como Príncipe Dominic Andreas Rossi de Montagnarde. Al ver la fecha de nacimiento hizo el cálculo: treinta y cinco años. Había sellos de todas partes del mundo.

Pero aquel pasaporte debía de ser falso. Los príncipes no se hacían pasar por guías turísticos. Ellos viajaban con un gran séquito y no se mezclaban con gente normal como ella.

¿Era Damon un charlatán que se las arreglaba para hacerse pasar por un príncipe a lo largo del mundo? Con su aspecto, su encanto y su maestría en el sexo, debía de pasárselo bien. Pero entonces, debía de concentrarse en mujeres ricas. Quizá había pensado que ella lo fuera cuando le había contado que iba a pasar todo un mes en Mónaco.

–¿Me reconoces ahora? –preguntó él.

–No y no me importa porque una vez que lleguemos a tierra, no quiero volver a verte a menos que sea para identificarte en una comisaría de policía –dijo ella volviendo a dejar la documentación sobre la cama.

–Siento mucho oír eso porque me gusta disfrutar de tu compañía, Madeline.

–Te aguantas –dijo paseando por el camarote–. Hagamos un trato. Llévame a la costa y olvidaré lo que ha pasado. No te denunciaré ni a ti ni a tus matones.

–Buen intento, pero no.

Damon se sentó en la cama, estiró las piernas y se reclinó contra el cabecero, mostrándose tan cómodo como la noche anterior cuando la había estado observando mientras ella se duchaba. El recuerdo de cómo le había quitado la toalla para secarla hizo que su respiración se detuviese y se le erizasen los pezones. Se giró y miró por la ventana. Mejor eso que ver su pecho desnudo y recordar lo estúpida que había sido la noche anterior y lo tonta que era en aquel preciso momento al distraerse pensando en sexo.

¿No era mala suerte que su mejor amante fuera incluso peor que Mike? Su ex podía haber sido un mentiroso y un embaucador, pero al menos no había quebrantado la ley ni había secuestrado a alguien.

Veinte tensos y silenciosos minutos más tarde unos golpes en la puerta hicieron que Mike se levantara. Permitió que Ian dejara el desayuno y volvió a cerrar la puerta. Lo último que deseaba era comer, pero si tenía que nadar o correr iba a necesitar toda la energía posible. Se acercó a la bandeja mientras Damon se ponía una camisa azul con una corona dorada bordada en el bolsillo y se cambiaba sus pantalones arrugados por otros limpios. Se abrochó la camisa, se la metió por dentro y, por último, se puso un cinturón de piel y unos zapatos. Como toque final, se despejó el pelo de la frente, mostrando su perfil aristocrático. Con aquel aspecto, parecía todo un aristócrata y no el guía turístico que la había secuestrado.

–¿Te das cuenta de que has amenazado la vida de un monarca? –preguntó Damon.

¿Durante cuánto tiempo iba a continuar con aquella historia? Madeline tomó un cruasán y le dio un bocado. Continuó comiendo hasta que terminó de desayunar.

—Esa falta es punible con prisión e incluso con la muerte en mi país.

A punto estuvo de atragantarse y dejó de gustarle el hasta entonces delicioso cruasán. Su amenaza no era divertida. ¿A qué se estaba enfrentando? Porque seguía sin creer que fuera miembro de la realeza.

—No estamos en tu país.

—Las autoridades de Mónaco serán más severas.

No encontró respuesta para aquello. Ahora deseaba haber llamado a Candace y a Amelia desde el teléfono de Ian para pedirles que enviaran a la policía. ¿Quién cuidaría de su madre si no volvía a Charlotte? Aunque aún no tuviese una salud delicada, tenía setenta y ocho años. ¿Sería capaz de hacer un viaje transcontinental para ir en busca de su hija desaparecida?

«No pienses así. Damon no te ha hecho daño. De hecho, se ha interpuesto entre esos matones y tú en un par de ocasiones. Seguro que si pretendía hacerte daño, ya te lo habría hecho».

O quizá era más valiosa viva que muerta.

—¿Qué quieres de mí? No tengo dinero. Mi padre está muerto y mi madre vive de la pensión de jubilación. Créeme, es una miseria. Y según tengo entendido, Estados Unidos no negocia con terroristas.

—Ni soy un terrorista ni soy un secuestrador. Tan sólo quiero que continuemos con nuestras citas.

Madeline se quedó con la boca abierta. ¿Se había vuelto loco?

—¿Quieres seguir siendo mi guía?

—Preferiría ser tu acompañante y tu amante durante el resto de tus vacaciones.

—No me gusta el sexo forzado.

–Ni soy un violador ni un extorsionista –dijo levantando su aristocrática nariz. Cuando vuelvas a mi cama será porque me desees tanto como anoche, Madeline.

–No volverá a ocurrir.

–¿Quieres que hagamos una apuesta? –preguntó él sonriendo.

Unos fuertes pasos sobre sus cabezas, seguidos por el ruido del motor, evitaron que tuviera que contestar. Madeline se acercó a la ventana y a cierta distancia vio el puerto de Mónaco. Si pudiera salir de aquel camarote y escabullirse de los dos matones que había fuera, podría nadar hasta la costa. Pero no había manera de salir de allí.

–Hemos llegado a puerto –sentenció Damon.

Quince minutos más tarde el sonido de unas voces se filtró a través de la ventana cerrada. Damon miró hacia fuera y soltó una maldición.

–Paparazzi. Y también fuerzas de la seguridad pública. Ian ha debido de pedir ayuda.

¿Policía? Gracias a Dios, pensó Madeline llevándose la mano al pecho.

Él la tomó por los hombros y la miró a los ojos.

–Harás exactamente lo que te diga cuando desembarquemos. No quiero que salgas herida.

–¿Y si no lo hago?

–Presentaré cargos.

¿Por cuánto tiempo más iba a seguir jugando a aquel juego?

Todo lo que tenía que hacer era acceder. En cuanto pusiera un pie fuera, pediría ayuda a gritos, paro no tenía por qué decírselo ahora. Lo denunciaría a las autoridades y se lo diría a Vincent Reynard y haría que lo echara del hotel, quizá incluso de todos los hoteles Reynard del mundo. Quizá la policía de Mónaco se llevara a Damon esposado. Después del miedo que le había hecho pasar, disfrutaría viendo esa escena.

–Está bien. Haré lo que digas.

El barco llegó al muelle y enseguida se oyeron unas fuertes pisadas.

–Sígueme la corriente y no digas nada que te incrimine.

¿Incriminarse? Aquello era divertido viniendo de un estafador.

Manteniéndola detrás de él, Damon abrió la puerta del camarote y dijo algo en francés. Madeline se agachó y pasó por debajo de su brazo, dispuesta a correr hacia la escotilla, pero se quedó en el sitio al ver el salón lleno de gente.

Había seis policías, con sus armas en mano. No dejaban de gritar órdenes que ella no entendía y se acercaban de una manera intimidatoria. Retrocedió hasta Damon, que la tomó por la cintura y la hizo a un lado, rodeándola con su brazo como si fueran amigos.

–*Mademoiselle* no habla francés. Además, esas armas no son necesarias. Está desarmada.

–Está arrestada, *mademoiselle*, por asaltar al Príncipe Dominic –dijo uno de los oficiales.

–¿Quién? ¿Yo? ¿Y qué me dicen de él y de sus compinches? ¡Me han secuestrado!

Dos de los hombres se acercaron a ella, pero Damon los detuvo levantando la mano.

–Siento hacerles perder su tiempo, oficiales. Mis guardaespaldas malinterpretaron la naturaleza de nuestros… –dijo y se detuvo mirando con intensidad los ojos de Madeline– juegos de amor.

Después de esa mentira, la besó en la punta de la nariz.

Sus mejillas se sonrojaron al oír aquella insinuación, mientras la confusión se adueñaba de su mente.

–Eso no es lo que…

–Madeline –dijo Damon tomándola por los hombros–. El juego ha terminado. ¿No querrás que la policía te detenga, verdad?

Miró a los oficiales y luego a Damon. Había demasiada testosterona a su alrededor. Había conocido a cientos de miembros de las fuerzas del orden a través de su padre y de su trabajo en urgencias y sabía reconocer cuándo iban en serio. Aquellos hombres no estaban fingiendo. Y, aparentemente, Damon, o Dominic, tampoco.

Su estómago dio un vuelco y el desayuno se le subió a la garganta.

–¿De veras es un príncipe? –preguntó girándose hacia el hombre uniformado más cercano.

El hombre parpadeó sorprendido.

–*Oui, mademoiselle*. El Príncipe Dominic es un visitante habitual de Mónaco y siempre es bienvenido.

Oh, oh.

–Si nos dan un momento para recoger nuestras cosas –dijo Damon más como una orden que como una petición–. Les estaría muy agradecido si pudieran ayudarnos con los paparazzi que están ahí fuera.

Un hombre cuya placa decía que se llamaba *Inspector Rousseau* contestó.

–*Certainement*, su alteza. Estamos a su servicio.

Aturdida, Madeline dejó que Damon la llevara de vuelta al camarote. Cerró los ojos y apretó las mandíbulas. Así que era cierto que había atacado a un miembro de la realeza. No era así como había pensado pasar sus vacaciones.

Capítulo Cinco

–No creo que una disculpa lo pueda arreglar, ¿verdad? –preguntó Madeline en voz apenas audible y se dio la vuelta para mirar a los policías al otro lado de la puerta abierta.

–Eso depende de si estás de acuerdo o no con mis condiciones –contestó él en voz baja.

Madeline sintió un nudo en el estómago.

–¿Continuar con nuestra… relación?

Dominic asintió con la mirada fija en ella. Era curioso lo regio que se lo veía de repente.

–Además, tendrás que guardarte los detalles de nuestra aventura. No quiero leer nada en los periódicos sobre mi amante de Mónaco.

«La amante del príncipe en Mónaco». Podía imaginar los titulares. Nunca había querido ser famosa y menos por una estupidez. Ya había tenido suficiente con ser humillada por Mike en su pequeño mundo.

Pasar tiempo con un hombre mentiroso y que la había engañado para llevarla a la cama no era algo de su interés. Claro que menos aún lo era ir a la cárcel. No sabía nada de la ley monegasca, excepto que aquel país tenía un índice de criminalidad muy bajo. Había una cámara en cada esquina. Incluso si lograba convencer a un juez de su versión, no podía preocupar a su madre y arruinar la boda de Candace con un escándalo. Y además, ser arrestada podría afectar negativamente su trabajo.

–De acuerdo. Pero recuerda que no eres mi príncipe. No voy a hacer nada ilegal, inmoral o desagradable por mucho que me amenaces.

Él sonrió.

–Tomo nota. Tienes dos minutos para arreglar tu aspecto antes de enfrentarte a los fotógrafos.

Ella se fue al baño y se retocó antes de volver al dormitorio.

–Ponte un sombrero y unas gafas –le ordenó Dominic.

Madeline obedeció. Lo último que quería era que su madre o sus compañeros del hospital la vieran en algún programa de televisión.

–Tu pelo es fácilmente reconocible. Escóndelo bajo el sombrero.

Se lo recogió en un moño y lo ocultó.

–Una vez salgamos del barco, mantén la cabeza baja y no contestes a ninguna pregunta por provocativa que sea.

Una vez cerraron sus respectivas bolsas, él tomó la de ella y se giró hacia los policías.

–Oficiales, una vez más quiero disculparme por el malentendido. Si lo necesitan, no tendré inconveniente en pasar por la comisaría y redactar un informe, una vez haya dejado a *mademoiselle* Spencer en el hotel.

–No será necesario, su alteza –dijo Rousseau.

El oficial más joven se ofreció para llevar el equipaje. Dominic se lo entregó y se dirigió hacia la escotilla.

¿Dónde estaba su atractivo guía turístico? El hombre que tenía ante ella se mostraba firme y regio mientras seguía a la mitad de los policías.

¿Cómo era posible que fuera caminando detrás de ellos, pero diera la impresión de que los lideraba?

Se detuvo el final de la escalera y se dio la vuelta para ayudar a Madeline subir. El sonido de las voces y las cámaras estallaron a su alrededor nada más salir y se bajó el sombrero. Desde el muelle, docenas de fotógrafos les hacían preguntas en varios idiomas y Dominic los ignoraba.

No, la palabra correcta no era «ignorar». Era como si no los oyera, como si no existieran.

–Baja la cabeza y vámonos –le dijo al oído y tomándola del codo la guió a tierra firme mientras tres oficiales les abrían paso.

Ian y Makos los seguían, junto a otros dos oficiales más. Uno se quedó en el barco, quizá para protegerlo o para redactar un informe. Madeline parpadeó. No quería ni pensar lo que iba a costar la reparación.

La aglomeración de aquellas personas para conseguir una foto de Dominic le abrumaba. La única vez que había visto algo remotamente parecido había sido cuando Vincent, el prometido de Candace, fue llevado quemado al hospital el año pasado.

La prensa invadió el vestíbulo del hospital y los miembros de seguridad tuvieron que esforzarse por sacarlos de allí.

Una limusina blanca esperaba junto a la acera y el conductor les abrió la puerta. Dominic la invitó a entrar primero y rápidamente se sentó frente a ella. La puerta se cerró y el aire acondicionado, además del silencio, los rodeó. Madeline miró a través de los cristales tintados a la multitud que los rodeaba y que la policía mantenía alejada del coche.

–¿Así es como vives?

–Sí. ¿Entiendes ahora por qué necesito un disfraz?

–Deberías haberme dicho quién eras antes de acostarnos.

–Estoy de acuerdo.

Madeline se quedó a la espera de que se disculpara, pero no lo hizo.

El conductor se subió al coche. Ian se sentó junto a él en el asiento delantero.

–¿Al hotel, alteza? –preguntó el conductor desde el otro lado del panel de cristal negro que separaba los asientos delanteros de los traseros.

–Sí.

El panel se alzó y el coche se puso en marcha. Enfadada y confusa, Madeline se revolvió incómoda en su asiento y se puso las gafas de sol.

–¿A qué hemos estado jugando? ¿A reírte de mi ignorancia por no saber quién eras?

–Nunca te he considerado ignorante, ni me he reído de ti. He disfrutado de tu naturalidad. Si te hubiera revelado mi identidad, eso lo habría cambiado todo.

–¿Crees que ahora voy a hacerte la pelota?

Él estudió su rostro desde detrás de sus gafas oscuras.

–Por mi experiencia, es probable.

–Ni en sueños.

Entonces, recordó las clases de protocolo que la futura cuñada de Candace les había dado. Nunca debía dirigirse a un miembro de la realeza por su nombre.

–¿Quieres que te llame «alteza»? Estaría loca si empezara a hacer reverencias.

–Preferiría que no.

–Está bien. ¿Y ahora qué? No creo que nuestros encuentros sean divertidos si tenemos que enfrentarnos a eso cada vez –dijo Madeline señalando con la cabeza hacia la multitud que dejaban atrás y que corría por la acera tras ellos.

No podía imaginarse que las citas fueran a ser divertidas bajo aquella presión.

–Tendremos que buscar recursos.

–¿Dónde está tu séquito? Todos los peces gordos que he visto en la televisión tienen uno.

–Se suponía que éstas eran unas vacaciones tranquilas y de incógnito. Ian se ocupará de procurar más seguridad.

Al menos con otros hombres alrededor no habría encuentros íntimos.

–¿Cuánto tiempo hace falta para que aceptes mis disculpas y me dejes en paz? –preguntó ella.

–Hasta que me canse de tu compañía –dijo él inclinándose hacia delante y apoyándose en sus rodillas–. Y Madeline, no creo que eso vaya a pasar pronto.

Un escalofrío la recorrió al sentir su calor. Su voz sensual y su roce hicieron que su enfado desapareciera. Rápidamente apartó las piernas y trató de mostrarse molesta.

–No esperes que vuelva a acostarme contigo.

Él se acomodó en su asiento y la miró con su aristocrático perfil.

–Ya te has enfrentado a ese reto una vez. Volver a repetirlo hace que esté todavía más decidido a mostrarte que estás equivocada.

–Comeremos en mi suite –dijo Dominic al salir del ascensor en el ático del hotel.

–Creo que no.

Deseando escapar, Madeline se giró y comenzó a caminar hacia su habitación. Él la siguió, junto a sus guardaespaldas.

–Insisto.

Ella se detuvo junto a su puerta y lo miró.

–Insiste todo lo que quieras, pero la respuesta sigue

siendo «no». No eres dueño de todo mi tiempo. Eso no es parte de nuestro acuerdo. Quiero darme una ducha y pasar unas horas lejos de ti.

Sacó la llave electrónica y la metió en la ranura. La luz verde parpadeó.

–Dame mi bolsa –dijo extendiendo su mano.

–Dame tu pasaporte.

–¿Estás loco?

–No dejaré que te vayas de Mónaco y no cumplas tu parte del trato.

La idea era sugerente.

–No puedo irme. Tengo que ayudar a organizar la boda de mi amiga. Yo nunca defraudaría a alguien que confiara en mí.

Por el gesto de sus labios, era evidente que había captado la indirecta.

–Ni importa, me quedaré con tu pasaporte como garantía.

La puerta se abrió y Amelia apareció en el vestíbulo. Sus ojos avellana se mostraron sorprendidos al ver a los cuatro en el pasillo.

–¿Va todo bien?

–No –le contestó Madeline.

Dominic se inclinó ligeramente, mostrándose encantador con su amplia sonrisa. Aquel gesto hizo que Amelia se sonrojara.

–*Bonjour, mademoiselle.*

–Hola –dijo Amelia paseando la vista entre Madeline y los tres hombres.

Madeline sonrió. Debía hacer las presentaciones, aunque estaba deseando darle una patada en su trasero real. Amelia estaba esperando que un príncipe cayera a sus pies, pero no aquel príncipe.

–Amelia Lambert, mi amiga y compañera de trabajo.

Él es Da... Dominic. ¿Cómo demonios se supone que he de presentarte?

Los ojos de Dominic brillaron como si hubiera dicho algo indebido y el pulso de Madeline se aceleró.

–Dominic Rossi –dijo extendiendo su mano hacia Amelia.

Madeline esperó, pero él no mencionó su título.

–Es un príncipe. Y mi antiguo guía turístico.

Amelia apartó la mano de la de Dominic.

–¿Perdón?

–Esta serpiente omitió decirme que era miembro de la realeza. Y estos matones son sus guardaespaldas, Ian y Makos –dijo señalándolos con el dedo gordo.

Amelia parpadeó contrariada.

–Encantada de conocerte.

–Luego te lo explicaré. Ahora, déjame entrar.

Amelia se hizo a un lado. Madeline tomó su bolsa de Dominic y entró. Él la siguió. Ian y Makos se quedaron en el pasillo flanqueando la puerta.

–Tu pasaporte, Madeline –le recordó Madeline–. O llamaré a la policía.

–Vete al...

–¿Por qué tiene que llamar a la policía? –la interrumpió Amelia–. ¿Ha pasado algo?

Madeline contuvo los deseos de gritar y miró a Dominic.

–Hemos tenido un malentendido. Por supuesto, toda la culpa es de él.

–No es culpa mía que no quisieras creer la verdad –contestó con voz tranquila.

–Como si hasta entonces hubieras sido sincero –comentó ella irónicamente.

–¿Príncipe de dónde? –interrumpió de nuevo Amelia.

–De Montagnarde –contestó Dominic, dedicando otras de sus arrebatadoras sonrisas a su amiga.

–¿De veras? –susurró Amelia con voz temblorosa.

Sorprendida, Madeline se la quedó mirando.

–¿Has oído hablar de ese sitio?

–Desde luego. Está al suroeste de Hawai. Todas las enfermeras de la unidad de quemados quieren ir allí, si es que alguna vez ganamos la lotería. Los libros de la reina sobre un dragón son muy populares entre los niños de la planta.

Madeline paseó la mirada de Dominic a Amelia y viceversa. ¿Era ella la única que no conocía ni al país ni a él?

–Me dijiste que tu hermana era la autora.

–Brigitte está escribiendo la historia de las islas, pero mi madre escribe libros para niños. Son los cuentos que nos contaba mi madre cuando éramos pequeños.

No quiso imaginárselo de niño, sentado en el regazo de su madre a la hora de irse a la cama. Seguramente había sido un niño adorable.

Amelia frunció el ceño y entrecerró los ojos mirando a Dominic.

–Perdone mi impertinencia, alteza. Pero pensé que era rubio y que tenía… –dijo Amelia señalando la barba.

–Llámame Dominic, por favor –dijo sacando la cartera y ofreciendo una tarjeta de visita a Amelia.

–Estaba de incógnito hasta que Madeline me descubrió. Dime por correo electrónico la dirección del hospital y haré que mamá os mande una caja de libros firmados. Incluso si quieres, incluye un listado de los niños que actualmente están ingresados y los mandará personalizados.

Con los ojos abiertos como platos, Amelia estrechó la tarjeta contra su pecho.

–Lo haré en cuanto llegue a Charlotte. Gracias.

Madeline apretó las mandíbulas. No quería que hiciera ese tipo de cosas tan agradables. Prefería recordarlo como un bastardo mentiroso que la obligaba a ser su acompañante.

Además, a ella no le había dado su tarjeta. Tampoco la necesitaba. Sería feliz si nunca más volvía a posar los ojos en él o en sus guardaespaldas.

Sus miradas se encontraron.

–Quizá *mademoiselle* Lambert quiera acompañarnos a comer en mi suite.

Nada más ver el placer que asomaba en el rostro de Amelia, Madeline pensó que tenía que haber matado a Dominic cuando tuvo la oportunidad. Aquel oportunista le había tendido una trampa tan sutilmente que había caído en ella. Si se negaba a comer con él, Amelia se sentiría defraudada.

Madeline le hizo un gesto grosero a espaldas de su amiga.

–Tomaré eso como un «sí».

–¿Puedo hablar contigo un momento en mi habitación?

–Será un placer.

–Ya te gustaría –murmuró Madeline entre dientes.

Dio media vuelta y se dirigió a su habitación. Se paró junto a la puerta y esperó a que él entrara para cerrarla. Dejó su bolsa sobre la cama y se puso con los brazos en jarras.

–Deja a Amelia fuera de esto.

–Tu amiga es encantadora.

–Y está fuera de tu alcance.

Si el arqueo de su ceja significaba algo, su tono de voz había sonado demasiado posesivo.

–¿Debería esperar alguna oscura maniobra más por tu parte?

–Sólo si lo haces necesario. Suelo ser muy directo con mis deseos. Y de momento deseo tu compañía, además de a ti, Madeline.

Su pulso se aceleró al escuchar sus palabras y la temperatura de su cuerpo fue en aumento al recordar exactamente lo que sus deseos implicaban. No había descuidado ni un centímetro de su cuerpo, mientras se ocupaba de sus propias necesidades.

–No puedo decir lo mismo –mintió algo incómoda.

La sonrisa de Dominic se volvió depredadora.

–¿Otro reto?

Madeline estuvo a punto de gruñir, pero lo miró con frialdad. Él extendió su mano.

–Tu pasaporte, por favor.

–¿Y si quiero cruzar la frontera para hacer un poco de turismo?

–Estarás conmigo y yo tendré tu pasaporte. Mañana iremos al centro de tiro. Quiero ver lo bien que se te da disparar.

Sacó el pasaporte de un cajón y se lo entregó.

–Puede que esté ocupada –dijo mirándose las uñas.

–¿Temes que sea mejor?

Él se guardó el documento en el bolsillo del pantalón.

–No trates de jugar a psicólogo conmigo. No funcionará.

Él se acercó. La cómoda detrás de ella impedía su huida. Él levantó la mano y acarició el cuello de Madeline.

–¿Prefieres que acaricie tus zonas erógenas? Recuerdo que anoche te gustó mucho.

Comenzaron a temblarle las piernas y la piel se le puso de carne de gallina. Anoche su mente y su cuerpo se habían derretido bajo las caricias de Dominic. Habría accedido a cualquier cosa que le hubiese pedido. Pero eso había sido antes. Ahora sabía que era la clase de hombre capaz de mentir sólo por llevarse a una mujer a la cama. Cruzó los brazos y apartó la cabeza. Deseaba darle una patada en la entrepierna.

Él debió de adivinar sus pensamientos porque bajó la mano y dio un paso atrás.

—Te espero a ti y a *mademoiselle* Lambert en mi suite dentro de una hora. Y, Madeline, no me decepciones.

Un extraño abrió la puerta. Era guapo, rubio, de ojos azules, recién afeitado y vestido con un impecable y caro traje gris. Dominic. A Madeline se le secó la boca y el corazón comenzó a latirle con fuerza. Reconocería aquel cuerpo en cualquier sitio. Estaba guapo de moreno, pero ahora... Se había peinado el pelo hacia atrás, haciendo destacar sus ojos azules y su piel bronceada.

Pero su magnífico aspecto no importaba. No estaba dispuesta a tolerar a un mentiroso.

—¿Tienes un peluquero a tu disposición?

Su irritante comentario le desconcertó.

—El Hotel Reynard tiene todas las comodidades. Vamos, *mesdemoiselles*.

El diseño y la opulencia de su suite se parecían a la que compartían Amelia, Candace y Stacy, pero en tonos más oscuros. La mesa del comedor estaba puesta con piezas de plata, cristal y porcelana. La luz del sol se colaba por los ventanales que daban al Mediterráneo, haciendo que las jarras de vino y agua emitieran unos bonitos reflejos sobre el mantel.

Formal, elegante, lujoso, así era el mundo de Dominic. Ella era tan sólo una visita y encima reacia. Mejor olvidarse de eso.

Sintió la fuerza de la mirada de Dominic en ella mientras estudiaba la mesa. Seguro que estaba convencido de que aquella muestra de riqueza la impresionaría. Pero estaba equivocado. Trabajaba con docenas de médicos y cirujanos en urgencias. Algunos eran increíblemente ricos, aunque no tanto como Dominic, pero el dinero no impedía que fueran unos zoquetes. Aquellas cifras de siete u ocho cifras no significaban nada si uno no se hacía respetar o no se ganaba la confianza de los demás.

La satisfacción personal era más importante que tener mucho dinero. Ella quería trabajar donde pudiera ayudar al mayor número de personas y quizá, incluso, rescatar algún alma descarriada antes de que se perdiera en la burocracia del sistema sanitario. El hospital de un condado era el lugar adecuado. Y así, al meterse en la cama cada noche, podría descansar sabiendo que había conseguido un logro ese día. Al igual que su padre como policía y que su madre como profesora.

Miró a su amiga. Amelia parecía afectada ante la presencia del Príncipe Dominic. O quizá fueran los cuatro camareros alineados junto a la pared más lejana o el rostro pétreo de Ian al otro lado de la habitación lo que le incomodaba.

–¿No le gusto mucho, verdad? –preguntó Madeline en voz baja para que el guardaespaldas no la oyera.

–¿Esperabas otra cosa? Amenazaste con cortarme el cuello –contestó Dominic.

–¡Madeline! –exclamó Amelia.

Madeline parpadeó. Había evitado contarle a Amelia lo que había pasado metiéndose en la ducha y demorándose en vestirse. El cuidado que había puesto al arreglarse no tenía nada que ver con impresionar a Dominic. No le importaba si a él le gustaba su estrecho vestido verde o sus sandalias. Había elegido aquel atuendo porque acentuaba el color de sus ojos y dejaba ver la figura que tanto trabajo le había costado conseguir.

Lo que necesitaba en aquel momento era reforzar la confianza en su aspecto puesto que se sentía estúpida. Y gracias a Dios, ésa era una sensación que no experimentaba muy a menudo. Tenía una reputación en el trabajo por ser rápida en la toma de decisiones y responder bien en los momentos de crisis. Eso tenía que serle de ayuda en momentos de debacle como aquél.

—Estese tranquila, *mademoiselle* Lambert. Madeline tiene motivos para preocuparse por su seguridad. Pero es algo que no podemos discutir con otras personas —dijo Dominic e hizo una discreta señal a los camareros—. Por favor, sentaos.

Rozó el final de la espalda de Madeline y ella sintió un escalofrío. Su respiración se contuvo y evitó mirarlo al recorrer la estancia hasta la mesa. Todo aquel episodio era embarazoso. ¿Cómo había podido creer que era tan sólo un guía turístico? Desde su fluidez con los idiomas hasta su ropa tan cara, su aspecto regio y la dedicación con la que otros lo atendían, todo en él irradiaba riqueza y privilegios.

Dominic se quedó de pie junto a la silla que había en la cabeza de la mesa, a la espera de que se sentaran Madeline a su derecha y Amelia a su izquierda. Una vez estuvieron sentadas, se sentó y comenzó el rito de probar el vino que dio comienzo a la comida más elaborada que Madeline nunca había probado. Cada delicioso plato llegaba caliente y en su punto de la cocina y, por fin, después de lo que le pareció una eternidad, los camareros llevaron los postres. Dominic despidió a los camareros y tan sólo se quedó Ian.

Madeline se quedo mirando el plato que tenía delante de ella. No quería ni pensar en cuántas calorías estaba tomando ni cuántas horas extras iba a tener que pasar en el gimnasio del hotel para quemar aquella comida. Pero eso no fue impedimento para probar el pastel de chocolate caliente con mousse de crema. Nunca antes había probado algo tan delicioso. Su boca tuvo un orgasmo. Cerró los ojos y un gemido se escapó de entre sus labios.

Avergonzada, se limpió la boca con la servilleta y miró de reojo a Dominic, que tenía puesta su atención en su rostro. Su intensa mirada estaba fija en su boca y tenía las pupilas dilatadas. Abrió ligeramente los labios y los humedeció con la lengua.

La pasión que vio en sus ojos hizo que su cuerpo se encendiera como si fuera leña seca. Los recuerdos de su encuentro sexual la invadieron. Sus caricias, su sabor, las embestidas contra su cuerpo...

Se estremeció. La tela de su vestido se estrechó contra sus sensibles pechos y el deseo se apoderó de su pelvis. Era imposible mostrarse indiferente u olvidar un solo segundo de la noche anterior. Si una simple mirada de deseo de aquellos ojos azules podía traer de vuelta todas aquellas sensaciones, iba a resultarle más difícil de lo que había pensado mantenerse lejos de su cama. Tendría que esforzarse aún más. El fracaso no era una opción.

***

«Hace ese mismo sonido cuando alcanza el orgasmo».

El gemido de Madeline sacudió a Dominic. Los recuerdos de su apasionada noche de amor estallaron en su interior como un volcán. El deseo le invadió las venas de lava. Al instante recordó el calor de su cuerpo, las uñas de Madeline clavadas en su espalda y sus piernas abrazándolo por la cintura en su intento de que la penetrara más profundamente.

El recuerdo de los rizos de Madeline sobre su vientre mientras lo tomaba con su boca húmeda y caliente lo hizo estremecerse. Desde la punta de los pies hasta la cabeza, todo su cuerpo se contrajo. Unas finas gotas de sudor asomaron sobre su labio superior.

Ella lo miró de reojo y se echó el pelo para atrás.

Llevaba dos horas esperando que Madeline apareciera servil y sumisa, más interesada en lo que podía obtener de su riqueza y poder. Tan pronto como se mostrara así, sabía que su fascinación por ella desaparecería.

Aquella comida tan formal no era más que un ejemplo de los lujos con los que podía obsequiarle ahora que conocía su verdadera identidad. Pero en lugar de aprovecharse de su papel de amante, Madeline se había mostrado reticente, a pesar de sus infructuosos intentos por mantener una conversación con ella.

Apenas había participado en la descripción de los sitios que ella y sus amigas había visitado o de los preparativos de la boda, el motivo que la había llevado a Mónaco. Su amiga se había mostrado más comunicativa, pero los comentarios de Amelia lo habían llevado a hacerse más preguntas sobre la desconcertante Madeline Spencer.

Amelia apartó el plato de postre.

–¿Has disfrutado de la comida? –preguntó él, confiando en que no se apreciara su impaciencia.

–Sí, gracias por la invitación, alteza.

–Dominic, por favor. Ha sido un placer.

–Dominic –dijo Amelia sonrojándose.

Debería mostrarse cortés y paciente durante el café, pero ya le era imposible hacerlo.

–Ian, por favor, acompaña a *mademoiselle* Lambert a su suite –dijo poniéndose de pie.

Madeline se echó hacia atrás en su asiento y se levantó.

–Yo también me voy.

Dominic la tomó de la muñeca y la sujetó con fuerza cuando se intentó soltar. Ella tomó el tenedor y lo clavó con fuerza en el postre. Sin duda alguna, deseaba clavárselo a él.

Amelia se quedó dubitativa, paseando la mirada entre Dominic, Madeline e Ian. Dominic sospechaba que iba a quedarse para acompañar a su amiga, pero Madeline enseguida la despidió.

–Está bien. Enseguida estaré contigo.

Unos segundos más tarde, la puerta se cerró detrás de Ian y Amelia.

Dominic rellenó la copa de vino de Madeline y la suya.

–¿Cuánto tiempo duró vuestro compromiso?

–No es asunto tuyo.

Se le había quedado una miga de pastel en la comisura de los labios y deseaba limpiársela con la lengua. Normalmente el dulce no le entusiasmaba, pero le seducía la idea de chupar aquella crema de la piel de Madeline.

–¿Quieres que llame a tu amiga? Parecía muy dispuesta a facilitar información.

–Y tú no has simulado siquiera tu interés por obtener información mía a través de ella.

Dominic no pudo evitar sonreír.

—No creo que se haya dado cuenta.

—Pero yo sí me he dado cuenta.

—¿Cuánto tiempo?

Ella respiró hondo y apartó el plato.

—Seis años.

—¿Seis años?

¿Qué hombre podía dejar pasar todo ese tiempo sin hacer suya a Madeline? Giselle y él habían esperado tres años, pero porque ella era demasiado joven cuando se comprometieron.

—¿Tu prometido tuvo otras aventuras?

—Eres un tipo listo por darte cuenta tan rápido. A mí me llevó mucho más tiempo.

—Así que hubo un tiempo en el que creías en el amor, pero ahora ya no.

—Buen análisis, doctor Freud. ¿Puedo irme ahora?

—¿Cómo hiciste la transición?

Ella parpadeó.

—¿Cómo?

—¿Cómo conseguiste aceptar la idea de llevar una vida sin un compromiso que te ate a alguien a quien no le importas?

Madeline abrió la boca y sus ojos se abrieron como platos.

—Ya veo que eres un romántico.

Dominic dudó si contarle el proceso de selección que se llevaba a cabo en su país, pero ¿para qué le serviría? Desde luego que no lo ayudaría a conseguir tener a Madeline de nuevo en su cama y saciar su deseo de pasión, antes de comenzar una vida sin ella. Y puesto que su relación era temporal, lo que pasara en Montagnarde no le afectaría a ella.

—Estoy cansado de aventuras de una noche. Me gustaría tener a alguien con quien compartir mi cama por otras razones que no fueran el deber, la codicia o una atracción fugaz.

–¿Para que molestarse? Al final sólo conseguirás decepcionarte.

–Mis padres llevan casados casi cuarenta años y mis hermanas cerca de una década. Sus matrimonios son sólidos y felices.

–De momento –dijo y tomó su copa de vino y dio un sorbo antes de continuar–. Mis padres llevaban casados treinta y cinco años antes de que mi padre se marchara.

El dolor y la tristeza en los ojos de Madeline oprimió su pecho.

–¿Por qué se fue?

Ella se levantó.

–¿Qué importa?

–Al parecer a ti sí te importa. He oído que los niños se culpan de los divorcios de sus padres.

–Otra vez lo estás haciendo, estás ejerciendo de psicólogo sin serlo. ¿No hay leyes contra eso en Mónaco?

Al ver que se ponía rígida, supo que había dado en el clavo.

–¿Crees que fue culpa tuya?

–Claro que no –contestó ella rápidamente–. Sólo tenía diez años.

Él la tomó de la barbilla y le levantó el rostro hasta que sus miradas se encontraron.

–¿Crees que fue culpa tuya? –repitió.

Ella se quedó mirándolo durante treinta largos segundos antes de bajar la vista y encogerse de hombros.

–Llevaban juntos veinticinco años cuando nací. Fui

una sorpresa. Así que sí, durante toda mi vida me he preguntado si estropeé su equilibrio –dijo y, soltando su mano, se acercó a la ventana–. Después de que mi padre muriera, encontré el coraje para preguntarle a mi madre lo que había pasado. Sencillamente, desapareció el amor. Ninguno de los dos quiso luchar por mantener su matrimonio, pero discutían por todo lo demás. De hecho, me sentí aliviada cuando papá se marchó de casa y las peleas cesaron.

Era una mujer dura y luchadora, pero en aquel momento parecía frágil y perdida. Conteniendo las ganas de tomarla entre sus brazos para reconfortarla, Dominic se acercó a ella con su copa.

–¿Sentiste la misma indiferencia hacia tu novio?

–¿Qué? –dijo girándose para mirarlo.

–No lo amabas como para seguir adelante con tus planes de boda, pero te gustaba lo suficiente como para no romper vuestros compromisos. Parece que él sentía la misma indiferencia –dijo él encogiéndose de hombros–. No me gustaría tener una relación tan desapasionada.

–No era desapasionada –dijo ella entre dientes.

–¿No? ¿No dijiste que nunca habías tenido tantos orgasmos en una noche ni que nunca habías conocido tanto placer? Dime, Madeline, ¿deseabas sus caricias tanto como deseas las mías?

–Mi relación con Mike no es asunto tuyo –dijo ella con el rostro consternado.

–Había oído que muchas mujeres eligen hombres parecidos a sus padres.

El color desapareció de las mejillas de Madeline y dio un paso atrás.

–¿Qué tiene que ver eso con nosotros? Porque desde luego que no estás buscando una relación larga conmigo.

No sabía por qué comprender a Madeline Spencer le era tan importante cuando saldría de su vida en cuestión de días.

–No, como he dicho antes, lo único que puedo ofrecerte es el aquí y ahora.

Por alguna razón que desconocía, se sintió más insatisfecho y atrapado de lo que lo había estado en mucho tiempo.

Capítulo Seis

Madeline dio un traspié mientras corría al ver su rostro en la portada de un periódico.

Se quedó clavada en mitad de Boulevard du Larvotto y se quedó mirando incrédula el quiosco. No sólo uno sino dos periódicos mostraban fotos de Dominic y ella en sus portadas. Se acercó más y examinó las fotos de ambos abandonando el barco. Con el pelo oculto bajo el sombrero y las gafas de sol cubriendo parte de su rostro, sólo su madre y sus mejores amigas la reconocerían al lado de Dominic.

Los titulares estaban en francés o quizá italiano. No tenía ni idea de lo que decían. Buscó en los bolsillos de sus pantalones cortos, sacó dinero y tomó un ejemplar de cada periódico. Sus manos temblaron al pagar al quiosquero.

Con un poco de suerte, Candace y Stacy serían capaces de traducirle. ¿Estarían despiertas ya? A pesar de que las noches eran largas en Mónaco, Madeline no había sido capaz de dejar su hábito de despertarse al amanecer.

Con su plan de quemar las calorías extras que había consumido, enrolló los periódicos y corrió de vuelta al hotel. Entró en la suite y la encontró en silencio. Ninguna de sus amigas se había levantado todavía, pero no podía esperar. Tenía que saber qué decían aquellos artículos.

Salió, recorrió el suelo enmoquetado hasta la puerta de Dominic y llamó al timbre. Él la había metido en aquel lío. Le estaría bien empleado si lo despertaba.

La puerta se abrió.

—Buenos días, Ian. ¿Dónde está?

Trató de entrar, pero Ian le bloqueó el paso.

—El Príncipe Dominic no está disponible.

—Será mejor que lo esté.

—*Mademoiselle*...

—Deja que pase —dijo la voz profunda de Dominic desde el interior.

Cinco latidos más tarde, Ian la dejó pasar. No podía ser más evidente que no la quería allí. Madeline pasó a su lado y se quedó clavada en el sitio al ver a Dominic con una bata negra, sentado a la mesa con un café y el periódico. La seda se entreabrió al ponerse de pie, dejando entrever el vello rubio de su bronceado pecho. Bajo la bata, asomaban sus piernas desnudas y sus pies descalzos.

¿Estaba desnudo debajo de aquella prenda? Tenía que dejar de pensar en eso. Ya lo había visto desnudo al igual que había visto a otros hombres en el hospital.

Poco a poco fue subiendo la mirada. Tenía el pelo revuelto, sombra de barba en las mejillas y sus ojos miraban con curiosidad. Madeline sintió que su boca se secaba y que su pulso se aceleraba. Era evidente que su cuerpo no había recibido la orden de su cabeza de que ya no volvería a acostarse con él.

—Buenos días, Madeline. Veo que hoy estás deseando disfrutar de mi compañía. Eso es buena señal.

Ella cerró los puños y al arrugarse el papel recordó por qué había ido: los periódicos. Cruzó la habitación, se los lanzó y después de que él los tomara, se sentó al otro lado de la mesa.

La mirada de Dominic la recorrió desde la trenza, pasando por el ajustado top y las piernas desnudas, hasta las zapatillas de correr. Se había vestido como siempre que hacía ejercicio, pero de repente se sintió incómoda por su escaso atuendo y su falta de maquillaje. Quizá debería haberse cambiado antes de ir allí.

«No, ya no estás tratando de seducirlo».

–¿Qué dicen? –preguntó ella acariciándose el borde de los pantalones cortos.

Él abrió los periódicos, miró uno y después el otro, apretando cada vez más sus labios, y luego volvió a mirarla.

–Nuestro romance es de conocimiento público. Lo bueno es que no han puesto tu nombre, lo cual quiere decir que no lo saben todavía. Sólo especulan acerca de con quién me han visto.

–¿Qué dicen exactamente?

Él frunció el ceño.

–«La amante del príncipe y la amiga del príncipe» –dijo leyendo los titulares de uno y otro periódico–. ¿Quieres que te traduzca el contenido de cada uno?

–No –contestó sintiendo un nudo en el estómago.

¿Por qué había insistido en saber lo que los periódicos decían?

–No soy nadie. ¿Por qué habría de interesarles? –añadió tratando de contener el pánico que comenzaba a sentir.

–Cuando te conviertes en amante de un príncipe, pasas a ser alguien de interés.

Se sintió incómoda.

–Yo no quería eso.

–¿Quieres un café? –preguntó él señalando la bandeja de la mesa.

Ya había una segunda taza con café y una tercera estaba vacía. Miró hacia Ian. ¿Era algo más que un empleado? ¿Y Makos? ¿Era para él la tercera taza?

«¿A quién le importa? Preocúpate sólo por ti, de tu error, de tu humillación y de tu frágil credibilidad», se dijo.

—No quiero café. Quiero que me dejen en paz, tanto los paparazzi como tú. Tengo cosas que hacer y una reputación que mantener.

—Me temo que es demasiado tarde. Me ocuparé de que alguien te proteja, pero hasta entonces, evita las atracciones turísticas multitudinarias o te verás rodeada de paparazzi.

¿Para protegerla?

—No quiero que los periódicos me consideren tu amante.

—Yo también preferiría haberlo evitado, pero ya está hecho.

—Pues arréglalo, Dominic. Haz que publiquen una rectificación o algo.

—Pedir una rectificación tan sólo despertaría más interés. Lo siento, Madeline. Haremos lo que podamos para ocultar tu identidad a la prensa y así no te molestarán cuando vuelvas a casa, pero no te lo puedo garantizar.

Ella gruñó y sintió presión en el pecho. Aquello no podía llegar hasta Charlotte. Los comentarios y las preguntas apenas habían cesado después de su ruptura con Mike.

—Alteza, podríamos regresar a Montagnarde —sugirió Ian.

Los músculos de Madeline se tensaron. ¿Por qué? Quería apartarse de Dominic, ¿no?

—Lo llamaste Damon en el barco. ¿Por qué ponerse tan formales ahora?

Ian permaneció callado y Dominic intervino.

–Eso fue antes de que conocieras mi verdadera identidad. Ian se ajusta al protocolo en público.

–En primer lugar, me he acostado contigo, así que yo no soy parte del público –dijo enfatizando aquellas palabras–. En segundo lugar, si no hubiera llamado a la policía no estaríamos teniendo esta conversación.

Dominic dejó los periódicos en la mesa y en tres pasos acortó la distancia que los separaba. Se quedó tan cerca que pudo percibir su olor y el calor que irradiaba su cuerpo.

–En tercer lugar –continuó él–, si no te hubiera engañado, no me habrías amenazado e Ian no hubiera tenido que llamar a la policía. Así que hemos cerrado el círculo. Su trabajo es protegerme. Así que todos somos culpables, aunque el origen de todo sea culpa mía por empezar esta farsa.

Tenía razón y por mucho que le costara admitirlo, la voluntad de Dominic de aceptar su culpa le sorprendía e impresionaba. Estaba acostumbrada a que los hombres esquivaran la responsabilidad por sus errores cada vez que podían. Como por ejemplo Mike, que la había culpado al engañarla.

Madeline se llevó la mano a la sien. Aquél no estaba siendo un buen día.

–¿Qué opciones tenemos?

Él tomó su mano y se la llevó a los labios. Un estremecimiento la recorrió antes de que soltara su mano.

–Podemos quedarnos en mi suite el resto de tu estancia en Mónaco.

Aquello era una tentación. Le llevó unos segundos respirar hondo y oxigenar su cerebro para negarse.

–Eso no va a pasar. No he venido a Mónaco para esconderme en un hotel. Y puesto que puede que nunca vuelva a Europa, espero hacer algo de turismo. Por eso necesitaba un guía.

—Entonces mantendremos la discreción y continuaremos con nuestro plan original una vez consigamos más seguridad.

—¿Es eso posible?

—Así es como vivo mi vida. Que me observen o me sigan es inevitable. En el futuro, será mejor que tengas eso en cuenta antes de salir sola, y te sugeriría que no tomes el sol sin la parte de arriba a menos que quieras que los paparazzi disfruten de tus bonitos pechos tanto como yo.

Su halago la sacudió y cruzó los brazos sobre el pecho. ¿La habría visto alguien esa mañana? ¿Y el día anterior, cuando había salido del hotel al atardecer y se había metido en un cibercafé antes de visitar la fábrica de porcelana de Mónaco? ¿La habría visto alguien la noche anterior llegar al hotel y dirigirse a la suite de Dominic acompañada por Makos?

—Desayuna conmigo, Madeline.

—Tengo que volver para verme con Candace y que Stacy me cuente los detalles de no sé qué baile.

El timbre de la puerta sonó. Él la tomó del brazo, haciendo que su temperatura se elevara.

—Ven a mi habitación.

—¿Acaso no he sido suficientemente clara? No estoy interesada.

—El desayuno ya está aquí. ¿Prefieres que el camarero diga que estabas aquí en mi suite antes de que estuviera vestido?

—¿Ese tipo de cosas pasan?

—Sí. El hotel Reynard es una de las mejores cadenas de hoteles a la hora de elegir a sus empleados, pero es aconsejable ser cuidadoso.

—Quieres decir paranoico.

A regañadientes, lo acompañó a la habitación contigua. Una cama enorme con las sábanas arrugadas dominaba la estancia. La colcha granate y dorada caía a los pies. Habían dejado la cama del barco en parecidas condiciones. Su cuerpo ardía y la ropa se le había pegado a su cuerpo húmedo.

Él cerró la puerta, se apoyó contra ella y se cruzó de brazos. Aquel gesto entreabrió la tela de su bata.

–Háblame del baile.

Madeline se esforzó en desviar la mirada de su piel y del nudo que sujetaba el cinturón de la bata.

–No hay mucho que contar. Encontré una nota de Stacy diciendo algo de que va a haber un baile el sábado por la noche y que ese Franco va a comprarnos los vestidos. Eso es todo lo que sé.

–*Le Bal de L'Eté* es una fiesta benéfica que abre la temporada en el Club Deportivo de Mónaco. Es este fin de semana. ¿Quién es Franco?

–Un amigo de Stacy.

Su amiga estaba teniendo un apasionado romance durante las vacaciones. Era lo mismo que ella había deseado, pero…

–No quiero que ningún otro hombre te compre un vestido.

–Difícil.

A través de la puerta, escuchó el carro del servicio de habitaciones moviéndose por el comedor.

–Te compraré un vestido.

–Eso quedaría bien en los periódicos. No soy una mujer mantenida.

–Pero estás dispuesta a que ese Franco pague tu vestido.

Sólo había visto a aquel atractivo francés en dos ocasiones y, en condiciones normales, no habría permitido que un desconocido le comprara ropa, pero Franco sólo tenía ojos para Stacy.

—No espera nada a cambio.

—¿Crees que yo te compraría un regalo para conseguir que volvieras a mi cama?

—Ambos sabemos que ahí es donde me quieres.

Estaba decidida a no caer en la trampa. Si ya le había mentido sobre una cosa, podía mentirle sobre otras.

—Cierto. Y tú también lo deseas.

—Tienes un gran ego. Imagino que Ian te ayuda a cargar con él.

Los labios de Dominic se curvaron y un brillo divertido asomó a sus ojos.

—Te acompañaré al baile.

—Sí, claro. Eso es discreción. Olvídalo. Iré con mis amigas. Tengo pensado bailar con todo hombre atractivo que haya.

Aquello sonó infantil, pero Dominic no era su dueño y sería mejor que dejara de comportarse como tal.

—No puedes evitarme a mí ni a la pasión que hay entre nosotros, Madeline.

—Pues obsérvame —dijo ella girándose y dirigiéndose hacia la puerta.

En un segundo, la mano de Dominic se apoyó en la puerta, por encima de la cabeza de Madeline, manteniéndola cerrada. El calor del pecho de Dominic contra su espalda la acorraló y se estremeció cuando él la rozó con los labios en la nuca. Después le acarició el hombro con su incipiente barba, mientras acariciaba con uno de sus dedos su espalda.

¿Cómo era posible que aún lo deseara?

—No puedes olvidar lo que pasó la otra noche, al igual que yo tampoco —susurró Dominic junto a su mejilla.

Madeline tragó saliva. Todo su cuerpo deseaba darse la vuelta, rodearlo con los brazos y empujarlo a la cama para disfrutar de la pasión que le ofrecía. Lo único que tenía que hacer era girar la cabeza y sus labios se encontrarían.

Los besos de aquel hombre eran increíbles.

Pero una sola célula de su cerebro le recordó por lo que ya había pasado, cómo había quedado en ridículo y había perdido el respeto de sus compañeros de trabajo y lo mucho que le había costado recuperarlo.

Se cuadró de hombros y apretó el pomo de la puerta.

—Puede que no lo haya olvidado, pero no estoy dispuesta a ser motivo de cotilleo otra vez.

Tiró de la puerta y esta vez él la dejó ir.

—Estate preparada para ir al centro de tiro tan pronto acabes con tus amigas.

Se detuvo en mitad del salón y se dio la vuelta para mirarlo.

—¿Y si no?

—¿Te he contado que Alberto y yo nos conocemos bien?

Alberto, el Príncipe de Mónaco. Al parecer Dominic y él eran amigos. Estaba perdida.

—Éste no es el camino al hotel —protestó Madeline más tarde aquella misma mañana.

En el coche de alquiler conducido por Ian, Dominic se giró para mirarla. Su muslo rozó el suyo. Cada roce le producía chispas y hacía que la temperatura de su cuerpo se elevara sin poder hacer nada para evitarlo. Ella se apartó.

—¿Quieres comprar un regalo para tu madre?

—Podías haberme preguntado si quería ir de compras.

—Habrías dicho que no —dijo él jugueteando con uno de los rizos de Madeline.

Habían pasado una hora compitiendo por ver quién disparaba mejor. Aquel hombre tenía una vena competitiva que rivalizaba con la de ella y una poderosa sonrisa cada vez que la superaba. Necesitaba distraerse de aquel magnetismo.

–Ya te he dicho que voy a cenar con Candace en Maxim's. Así que, lo que tengas en mente, será mejor que sea breve.

–Por eso vamos a tomar un helicóptero hasta Biot en lugar de conducir.

Madeline trago saliva. ¡Un helicóptero!

–No me gustan los helicópteros.

No desde las turbulencias que había experimentado en una operación de salvamento.

–Estaré encantado de distraerte durante el vuelo.

Bajó la mirada a sus labios y sus músculos abdominales se contrajeron. Claro que la distraería y ya imaginaba cómo. Pero no estaba dispuesta a besarlo otra vez. Sus besos le hacían perder el control.

–¿Si digo que no cambiará algo?

Una sonrisa asomó a los labios de Dominic.

–No. Llegaremos a tiempo de comer. Luego daremos un paseo e iremos de compras. Volverás antes de la hora de cenar.

Ella dejó escapar un suspiro.

–De acuerdo, tú ganas.

–Siempre.

A pesar de su actitud engreída, estaba muy atractivo con aquella sonrisa en sus labios.

–¿Y qué tiene Biot de especial? –preguntó para distraerse.

Cada vez que tomaba sus rizos entre los dedos, recordaba otras cosas que le gustaba hacer con ellos.

–Es un pequeño pueblo francés conocido por su cerámica y sus cristalerías hechas a mano. Lo llevan haciendo desde la época de los fenicios, pero desde 1960 se ganó fama internacional. Mi madre colecciona copas. Pensé que a tu madre podría gustarle.

Su madre. No quería pensar en nadie que lo quisiese. Tampoco quería que fuera amable. Prefería que se mostrara arrogante. Así le resultaba más fácil odiarlo.

–Puedes obligarme a que vaya contigo, pero no harás que lo pase bien.

–¿Te he contado lo mucho que disfruto tus desafíos?

Cinco horas más tarde, Madeline estaba en la Place des Arcades de Biot y tenía que admitir que se había equivocado. Agradablemente cansada y llevando varias piezas cuidadosamente envueltas en una bolsa, se apoyó en una pared de piedra y observó a Dominic.

Había sido una compañía inteligente y entretenida durante aquella cita no deseada. La había llevado a tiendas escogidas, lejos de los turistas, y a restaurantes frecuentados por los locales. ¿Qué más podía pedir una mujer de una cita? Si no fuera por su mentira y su título de príncipe, desearía que aquel momento idílico no tuviera que terminar tan pronto.

–Aun a riesgo de aumentar tu ego, tengo que confesar que me lo he pasado bien hoy. La comida, las galerías, el museo… Todo.

–Me alegro –dijo Dominic apoyando el hombro en la pared, junto a ella.

Estaba muy cerca, pero Madeline no se sentía con fuerzas para separarse.

Los paparazzi no los habían molestado y tan sólo había visto a Ian y Makos un par de veces a lo lejos. No se había mareado en el helicóptero gracias a que Dominic le había hecho presión en la muñeca, un truco que empleaban los nativos de Montagnarde según le había dicho. Aunque quizá el roce de Dominic había hecho maravillas.

Él se quitó las gafas de sol y luego se las quitó a ella. Sus miradas se encontraron. El borró la sonrisa de sus ojos y la miró con deseo, haciendo que se le acelerara el pulso a Madeline y se le secara la boca. Después de advertirle que estuviera pendiente de los paparazzi, no se atrevería a...

Su boca cubrió la suya suave y brevemente. Antes de que pudiera reaccionar, la tomó por la barbilla y la besó más profundamente. Su lengua separó sus labios y acarició la suya.

No debería estar besándolo, ni saboreando el gusto a café de su boca. No debería estar agarrándolo por los firmes músculos de su cintura ni recostándose contra su pecho.

¿Dónde estaba su fuerza de voluntad, su promesa de mantenerse alejada de sus labios?

Giró la cabeza a un lado en busca de aire. Deseaba a aquel hombre.

Conteniendo su deseo, se separó.

—Será mejor que nos vayamos. Tengo que prepararme para esta noche.

Y también para el siguiente encuentro con Dominic Rossi a fin de evitar que volviera a tomarla con la guardia bajada.

Aunque pudiera olvidar su mentira, un príncipe y una plebeya no tenían futuro.

Capítulo Siete

El tiempo se acababa.

El sábado por la noche, Dominic colgó su teléfono móvil, lo guardó en el bolsillo de su esmoquin y respiró hondo, pero la presión de su pecho no desapareció.

–¿Alguna noticia? –preguntó Ian sentado junto a él en el asiento de la limusina.

–La lista de candidatas ha quedado reducida a tres.

Lo que significaba que los días de pasión y libertad de Dominic estaban contados. Tenía que conseguir llevarse a Madeline a la cama otra vez.

–Era de esperar, Dominic. Quizá tus salidas con la señorita Spencer han hecho que el consejo acelerara su decisión.

–Hemos sido discretos.

Por mucho que odiara entrar y salir por las puertas de servicio, estaba dispuesto a hacerlo para estar con Madeline. Durante aquella semana, ella había evitado hasta los roces más accidentales.

–¿El consejo no te ha dado los nombres de las mujeres? –preguntó Ian.

–No, no quieren que interfiera con el proceso de selección.

El consejo tomaría la decisión y se encargaría de negociar los acuerdos diplomáticos, entonces conocería a la elegida y le pediría matrimonio oficialmente. Así había sido durante tres siglos.

El coche se detuvo ante el Club Deportivo de Mónaco. Ian salió primero y Dominic permaneció sentado. No quería perder una noche con las mismas conversaciones de siempre o teniendo que enfrentarse a mujeres depredadoras a quienes ni siquiera pretendía ofender. Prefería quedarse en su suite con Madeline. Pero Madeline estaría en aquella fiesta y su propósito de bailar con todo hombre atractivo presente le molestaba. Lo que era absurdo, puesto que una vez la candidata fuera elegida, no tendría ningún derecho sobre ella. Le diría adiós y volvería para cumplir con el deber de su país y la promesa que le había hecho a su padre de cumplir las tradiciones de la monarquía de Montagnarde.

El peso de sus obligaciones nunca le había pesado tanto como en aquel momento.

Ian se asomó por la puerta.

—¿Alteza?

Dominic salió del coche y entró en la gala. Lo más relevante de la sociedad europea estaba allí en la fiesta benéfica. Aquéllas eras las mismas personas que tenía que atraer hacia Montagnarde, pero en aquel momento no podía importarle menos. Buscó entre la multitud a Madeline, pero no la vio. Un conocido lo saludó. Dominic forzó una sonrisa y comenzó su trabajo como embajador de su país.

Mientras recorría el salón, saludando educadamente a unos y a otros, se preguntó si su futura esposa estaría entre las mujeres que había allí. La idea no le pareció sugerente, puesto que ninguna de las mujeres presentes lo atraía lo más mínimo.

Tres cuartos de hora más tarde, el movimiento de la entrada llamó su atención. Madeline y sus amigas habían llegado. La impaciencia hizo que el corazón comenzara a latirle más deprisa.

Madeline se había recogido el pelo, dejando al desnudo sus hombros. El vestido negro que llevaba se amoldaba a sus perfectas curvas. Al dar un paso hacia delante, una gran apertura en la falda descubrió su bronceada y torneada pierna. De pronto se paró para saludar a un hombre y al girarse vio que la parte de atrás del vestido dejaba al descubierto su espalda.

Estaba preciosa y seductora. Tenía que hacerla suya aquella misma noche.

—Príncipe Dominic —dijo una voz femenina junto a él.

Se giró y vio a una mujer, que clavó sus garras de uñas rojas en la manga de su esmoquin y a quien no recordaba conocer.

—¿Sí?

—Quería preguntarle si quiere acompañarme a casa esta noche.

—Me siento honrado, *mademoiselle*, pero debo declinar la invitación. Tengo un compromiso previo. Discúlpeme —dijo e hizo una leve reverencia, antes de dirigirse en busca de Madeline.

Su frustración iba en aumento. Tenía que dar con ella antes de que otro hombre la pretendiera.

Era suya. Al menos de momento. Tenía que disfrutar de ella antes de que su desolador futuro lo consumiera.

«¿Sería difícil no besar a un hombre?», se preguntó Madeline mientras esperaba en silencio cerca de la entrada de la exclusiva *Salle Des Étoiles*.

A diario, no solía besar a ninguno. Sus compañeros, pacientes, enfermeros… Así que ¿cuál era el inconveniente de no besar a uno más? Ése era ahora su objetivo.

Había tenido éxito el lunes por la noche, gracias a que la cena con Dominic fue interrumpida por una llamada urgente de palacio, que él había atendido.

Lo había estropeado el martes en Biot, pero había logrado mantener sus labios alejados de él el miércoles cuando la sorprendió con una visita privada al Palacio del Príncipe, entrando en habitaciones cerradas al público. También lo había conseguido el jueves porque Candace y Amelia la habían acompañado a la visita que Dominic le había organizado al Hospital Princesa Gracia. Después, se había ido con sus amigas al teatro son Dominic.

Pero resistirse a él no había sido fácil. Cada día su mirada hambrienta la comía poco a poco, dejándola más deseosa de su sabor y olor.

Gracias a Dios el viernes había tenido la suerte de haberlo evitado. No era que se hubiera estado escondiendo. Estuvo ocupada comprando y ocupándose junto a sus amigas de algunos preparativos para la boda desde el desayuno hasta la cena.

Había estado tan contenta de poder evitar la tentación que ni siquiera había recordado los preparativos de su frustrada boda. Lo cierto es que ni siquiera se había acordado de Mike. Pero eso era porque otro hombre había plantado su bandera en su subconsciente y ocupaba todos sus pensamientos: el maldito Dominic Rossi.

Su mirada se encontró con la de Dominic entre la multitud de *Le Bal de L'Été* y contuvo la respiración. Hablando del rey de Roma. Su suerte parecía haberse acabado.

Con su porte regio y aristocrático y su autoconfianza, nadie que lo mirara dudaría de su linaje. Aquel hombre llamaba la atención incluso sin pretenderlo.

Una rubia se detuvo junto a él con expresión de ave rapaz en su inexpresiva cara rellena de botox. Él le sonrió, le dijo algunas palabras y luego continuó acercándose a Madeline, pero fue interrumpido por una pelirroja y después por una morena cuya invitación a bailar en horizontal, además de en vertical, era evidente incluso desde el otro lado del salón.

Madeline apretó las mandíbulas y se giró dándole la espalda al príncipe y a sus acompañantes femeninas. No estaba celosa. Le daba igual lo que hiciera con otras mujeres.

–¿Reconoces a alguien? –preguntó a Amelia.

Si había alguna celebridad, Amelia sería capaz de reconocerla.

–¿Estás de broma? Este sitio está lleno de famosos –contestó Amelia y añadió–: No puedo creer que Vincent nos haya mandado a ese casanova conductor de coches de carreras, Toby Haynes, para cuidar de nosotras.

–Vincent lo ha hecho con buena intención y Toby es su padrino.

Vincent había estado de viaje en el extranjero por motivos de trabajo y unos minutos antes, había sorprendido a Candace apareciendo por sorpresa en la fiesta. Rápidamente, había llevado a su prometida a la pista de baile, donde ambos se miraban a los ojos con tanto amor que Madeline se sintió intranquila. Hubo un tiempo en que creyó estar igual de enamorada y cómo había logrado sobrevivir era todavía un misterio.

–Debería saber que ya tenemos edad de cuidarnos solitas.

El comentario de Amelia hizo que se sintiera culpable. Su amiga sólo sabía lo que Dominic le había contado, que Madeline lo había amenazado. Pero no sabía que la amenaza había incluido ponerle un cuchillo en el cuello o disparar una pistola sobre su cabeza.

Madeline siguió la mirada de disgusto de Amelia hacia el hombre que había estado junto a su amiga desde su primer día en Mónaco. Gracias a los infructuosos intentos de Candace por emparejarla, había salido un par de veces con Toby en Charlotte. Enseguida se dio cuenta de que era un rompecorazones y perdió el interés. La falta de interés era mutua.

Toby era agradable y por supuesto guapo, pero lo único que le preocupaba eran las carreras de coches y poco más. Amelia no lo soportaba después de que se convirtiera en una visita asidua después de la estancia de Vincent en el hospital el año pasado. A pesar de que lo había intentado de varias maneras, Madeline no había logrado descubrir el motivo de la tensión que había entre ellos.

–¿Ves a aquellas mujeres babeando a su alrededor? –preguntó Amelia.

Amelia era la mujer más tranquila que Madeline conocía y ver a su amiga tan alterada le parecía muy extraño. Tenía que haber una razón.

Madeline sintió que el cuello le picaba y no tenía nada que ver con Toby, que acababa de verlas y se dirigía hacia ellas, abandonando a las mujeres que lo rodeaban.

–¿Qué les pasa a esas mujeres y su aduladora admiración? ¿No tienen orgullo? Y no me vengas con lo mucho que a estos tipos les gusta la adulación.

–Buenas noches, Amelia, Madeline.

La voz de Dominic a su espalda confirmó el motivo de su incomodidad. Sintió que se derretía y maldijo su débil fuerza de voluntad.

–Dominic, Amelia quiere bailar –dijo girándose.

Trató de mirarlo a los ojos, pero no pudo evitar reparar en la anchura de sus hombros.

—¡Madeline! —protestó Amelia.

—O lo haces con Dominic o con Toby. Elige —dijo Madeline señalando con la cabeza a Toby, que se acercaba.

Amelia abrió los ojos asustada.

—Me encantaría bailar, alteza.

Con una amable sonrisa, Dominic inclinó la cabeza y le ofreció su brazo a Amelia.

—Será un placer, Amelia, pero llámame Dominic.

Se quedó mirando a Madeline, prometiéndole que buscaría ser recompensado, mientras se alejaba con su amiga.

Pero no podría si no se dejaba pillar. Le había dicho que pasaría la noche bailando con otros hombres y lo haría aunque fuera ella la que tuviera que pedirlo. Había elegido un vestido con el que se aseguraba que todas las respuestas fueran afirmativas.

Toby llegó junto a Madeline unos segundos después. Su mirada la recorrió de arriba abajo antes de que sus ojos se encontraran.

—Si tu propósito es que algún europeo caiga rendido a tus pies, apuesto mi nuevo motor a que tendrás éxito. Estás tan guapa que estoy considerando intentarlo yo también, Madeline.

—Gracias, Toby, tú también estás muy guapo.

Toby Haynes podía ser rubio y tener una altura y constitución similar a la de Dominic, pero ahí acababa todo parecido. Aunque los dos hombres llevaban trajes hechos a medida, los de Dominic resultaban impecables.

Además, Toby no alteraba sus hormonas, cosa que sí le ocurría con Dominic.

–¿Quién es ese tipo?

Madeline simuló no haber entendido la pregunta, pero decidió contestar puesto que ella también tenía los ojos fijos en él.

–Es el Príncipe Dominic Rossi de Montagnarde.

–Montag… ¿qué? Nunca he oído hablar de ese sitio. No debe de tener pistas de carreras.

Al menos no era la única que tenía lagunas geográficas.

–Montagnarde. Es un país en algún lugar entre Hawai y Nueva Zelanda.

–¿Quieres bailar?

No era la clase de invitación que esperaba, pero al menos no estaría allí junto a la entrada como la fea del baile.

–Claro, ¿por qué no?

Toby la llevó hasta la pista de baile y comenzó a bailar con una destreza que no había imaginado en un corredor de carreras.

–Se te da muy bien.

–Es parte del trabajo. La mayoría de los conductores corremos dos días en semana. Uno para clasificar y otro el día de la carrera. El resto del tiempo estamos tratando de conseguir patrocinadores. En los hoteles Reynard les gustan este tipo de fiestas.

Y la cadena de hoteles de Vincent patrocinaba el equipo de Toby.

–¿A ti no?

–Depende del motivo por el que esté –dijo él pasando junto a Amelia y Dominic–. Hey, amigo, ¿cambiamos de pareja?

Madeline gruñó para sus adentros. Era demasiado tarde para escapar al hombre que esperaba evitar.

Dominic se detuvo y soltó a Amelia.

–Desde luego. Gracias por el baile, Amelia –dijo e inclinó la cabeza levemente.

Toby se llevó a su amiga, que no parecía demasiado contenta.

Madeline se quedó en medio de la pista y miró a Dominic mientras los demás invitados bailaban a su alrededor.

–No quiero bailar contigo.

–La pista es el mejor sitio para nosotros, a menos que estés lista para irnos –dijo Dominic tomándola de la mano.

La única manera de deshacerse de él era montando una escena, lo que no era posible si quería evitar más publicidad.

–¿Estás de broma? Acabo de llegar aquí.

Él la rodeó con su brazo y apoyó la mano en su espalda desnuda, justo por encima de sus nalgas. Madeline sintió que el corazón se le aceleraba.

Buscó distraerse del calor de su mano sobre su piel y trató de no pensar en el roce de sus muslos mientras bailaban.

–¿Dónde están tus guardaespaldas? ¿Los has dejado en la puerta?

–Ian y Makos están fuera con Ferdinand.

–¿Quién es Ferdinand?

–Tu protección.

Ella dio un traspié y cayó sobre el pecho de Dominic. Él la sujetó por la cintura, estrechándola contra su fuerte torso, mientras seguía bailando sin perder el compás de la música.

–¿Mi qué?

–Has tenido seguridad desde el miércoles.

–¿Has hecho que alguien me siguiera?

–Te dije que lo haría.

–Sí, pero,… –comenzó deteniéndose a pensar lo que había hecho–. No lo he visto.

¿Había hecho algo que no quería que supiera Dominic? Porque estaba segura de que le reportaría todo lo que hiciera.

–Se supone que así sea.

Nunca se le habían dado bien los bailes de salón, pero tenía que reconocer que con él resultaba más fácil de lo que pensaba. Lo que estaba bien, puesto que con su atuendo, sería humillante acabar en el suelo.

–¿Por qué necesito protección?

–Hay quien puede creer que porque eres mi amante…

–No lo soy.

–… puedes tener cierto valor para negociar –continuó como si no la hubiera interrumpido.

Madeline se echó hacia atrás para mirarlo a los ojos. Por desgracia, aquel movimiento aproximó sus caderas.

–¿Estoy en peligro porque me acosté contigo?

–Probablemente no. Como has señalado, Montagnarde no es conocido, pero prefiero estar alerta. Y mientras seas mía, te protegeré.

Sus posesivas palabras hicieron que sintiera un hormigueo en la piel. Pero enseguida recordó sus palabras.

–No soy tuya.

La mano en su espalda subió, dándole un alivio temporal y una oportunidad para tomar aire, pero Dominic recorrió el borde del vestido, desde el hombro a la base de la espalda

El borde de sus dedos se deslizó bajo la tela. Ella se estremeció, maldiciendo sus traidoras hormonas.

–Estás preciosa esta noche. Muy sexy. Ven conmigo a mi suite, Madeline –susurró a su oído.

Él la estrechó aún más, algo que no hubiera creído posible cinco segundos antes. Sintió su erección contra el vientre. Una oleada de deseo la invadió y su reticencia comenzó a deshacerse. Estaba a punto de derretirse.

Pero aquel hombre había roto la regla número uno. Le había mentido. Y aun así, lo deseaba desesperadamente.

No podía olvidar lo bueno que había pasado entre ellos, en lo increíblemente maravillosa que la había hecho sentir y en la atención con la que la escuchaba, como si fuera a descubrir el secreto de la paz mundial en su siguiente frase.

—Sácame de esta pista de baile.

—¿O si no qué? —preguntó sonriendo—. ¿Sacarás una pistola? Porque no veo dónde podrías ocultarla bajo ese vestido. Acaricia tus curvas de la misma manera en que yo quiero hacerlo.

No podía seguir hablando y concentrarse en los pasos de baile a la vez. Se detuvo, empujó su pecho y se soltó de su abrazo.

—¿De veras quieres ponerme a prueba aquí y ahora, Dominic?

Ignorando las miradas de curiosidad a su alrededor, él aguantó su mirada como si fuera un juego, pero enseguida inclinó la cabeza y la sacó de la pista. Apenas habían salido, cuando una mujer de sonrisa provocadora se cruzó en su camino.

—*Bonsoir*, alteza. ¿Se acuerda de mí?

Dominic hizo las presentaciones, pero Madeline apenas escuchó a aquella rubia hablar sobre fiestas pasadas y gente que ella no conocía. Buscó a sus amigas entre la multitud para que la rescataran. Vio a Stacy, Franco, Vincent y Candace, pero ambas parejas estaban absortas en su conversación. No había señal de Amelia y Toby.

–¿Vendrás a mi apartamento luego? –preguntó la mujer.

Madeline parpadeó incrédula y prestó atención a la conversación. ¿Acababa de hacerle una proposición a Dominic a pesar de tener la mano firmemente colocada en la cintura de Madeline?

–Discúlpenos, Dominic estaba a punto de traerme una copa de champán –dijo tomándolo del brazo y dirigiéndolo hacia la barra.

Pero ¿qué estaba haciendo? Quería escapar de él y acababa de perder una magnífica oportunidad. Entonces, ¿por qué no lo había hecho? Tenía la impresión de que la respuesta no iba a gustarle.

–Gracias –dijo él.

Antes de que pudiera contestar, el incidente volvió a repetirse una y otra vez. Diferentes mujeres, pero la misma conversación. La paciencia empezaba a abandonarla. A pesar de que Dominic no parecía disfrutar de aquella situación, ni buscaba atención, se mantenía correcto y educado. La mayoría de los hombres se habrían mostrado eufóricos al oír tantas proposiciones en una sola noche, pero él no. ¿Por qué? ¿Acaso creía que ya tenía segura a Madeline?

Aquellos encuentros le resultaban insultantes puesto que aquellas mujeres con pedigrí no parecían tomarla como competencia.

–Disculpe. Creo que no se ha dado cuenta de que está conmigo –dijo interrumpiendo a la mujer con la que Dominic hablaba en aquel momento–. Dominic, cariño –añadió imitando la voz de aquellas mujeres–. Necesito ese martini ahora mismo.

Él la miró divertido mientras se despedía y Madeline lo dirigió hacia un apartado rincón en vez de hacia la barra.

—¿Hay algún concurso para ver quién se lleva el mejor premio a casa esta noche?

La sonrisa más sincera que le había visto en la última hora apareció en sus labios.

—Has descubierto el secreto.

—¿Por eso querías quedarte en la pista de baile? ¿Para evitar a todas esas mujeres? ¿Por qué no les dices simplemente que se vayan?

—No puedo.

—¿Es algún código principesco? —dijo y sin esperar a que contestara, añadió—: Si siempre es así, ¿por qué vienes a estas cosas?

—Suelo venir porque quiero atraer negocios a Montagnarde —dijo mirándola, mientras se llevaba la mano de Madeline a los labios—. Esta noche vine porque quiero tomarte entre mis brazos.

Madeline sintió que las rodillas le temblaban y el nudo en el estómago desaparecía. Sólo tenía ojos para él y para el deseo que brillaba en sus ojos. En aquel salón lleno de mujeres guapas, elegantes y poderosas, la deseaba a ella.

—Buena respuesta.

De pronto recordó que deseaba un hombre para sanar su ego herido y volver a recuperar su confianza. Dominic la había ayudado. La hacía sentir femenina y deseada. Le había hecho disfrutar de múltiples orgasmos.

Le había recordado en muchas ocasiones que lo único que tenían era el aquí y ahora. Pero no le importaba. Una breve aventura durante las vacaciones era todo lo que necesitaba.

No era que se hubiera enamorado de él ni que se

imaginara casándose. Seguramente Dominic tenía que casarse con una mujer virgen. Y ella no lo era.

A la vista de lo que había visto esa noche y del incidente con los paparazzi, entendía los motivos de Dominic para ocultar su verdadera identidad. Pero se engañaba si pensaba que aquellas mujeres lo deseaban sólo por su título y su fortuna. Dominic Rossi, Príncipe de Montagnarde, era una magnífica pieza de arte y cada vez que la miraba recordaba la perfección de su cuerpo desnudo y la manera en que la había hecho disfrutar.

Seguramente aquellas mujeres querían un oportunidad para lo mismo. Saber cosas que aquellas mujeres sofisticadas desconocían la hacía sentirse superior.

«Y estás perdiendo el tiempo aquí pudiendo poner las manos en toda esa perfección», se dijo.

Su pulso se aceleró y su boca se secó.

–Sácame de aquí, príncipe, y podrás tenerme entre tus brazos sin este vestido que nos separa –dijo tomándolo de la mano.

Las llamas de sus ojos estuvieron a punto de consumirla allí mismo.

–Como desees.

Capítulo Ocho

Al parecer, los ricos no esperaban a los aparcacoches.

Segundos después de su declaración, Dominic la había sacado de la gala y se habían metido en la limusina que los esperaba. Madeline se sentó en el asiento que miraba hacia el cristal posterior.

Dominic se sentó junto a ella. Desde el hombro hasta la rodilla, sentía el calor de su cuerpo contra el suyo como si de una plancha se tratara. La puerta se cerró dejándolos en el silencio y la oscuridad, y entonces el coche arrancó.

Lo miró y vio que tenía tensos los músculos de la mandíbula y que su mirada ardía de deseo hacia ella.

Madeline nunca había deseado a nadie de aquella manera. Tratando de tranquilizar su alocado corazón, se concentró en las luces de Montecarlo que veía a través de la ventanilla mientras el conductor los llevaba al hotel.

Se acomodó impaciente en el asiento, y la apertura de su vestido dejó ver su pierna, desde el tobillo a la cadera. Antes de que pudiera cubrirse, Dominic le acarició la rodilla. Respiró hondo y su cálida mano comenzó a deslizarse hacia arriba de su pierna. Como siguiera así, iba a derretirse allí mismo en el coche.

Madeline tomó su mano y se inclinó para susurrarle al oído:

–¿Qué estás haciendo? Ian y el conductor están justo detrás de nosotros.

–El panel separador está levantado y el interfono apagado. No pueden ver ni oír nada –dijo y sus dedos se deslizaron más arriba–. ¿Quieres que me detenga?

–Sí, no. No lo sé –respondió Madeline tratando de ordenar sus pensamientos–. ¿Sueles hacer esto muy a menudo?

Un dedo la acariciaba arriba y abajo en la parte superior de su muslo, cada vez más cerca del lugar que deseaba sentir su roce.

–Nunca he hecho el amor en una limusina.

–Yo tampoco –dijo ella seriamente tentada, tratando de mantener abiertos los párpados–. Estamos llegando al hotel.

–Entonces, será mejor que me dé prisa –dijo subiendo la mano un poco más y encontrando su humedad con la punta de los dedos–. No llevas bragas.

–El vestido es demasiado estrecho –susurró entrecortadamente mientras él la acariciaba sin cesar.

¿Cómo lograba hacerla llegar al orgasmo tan rápido? No podía pensar por la excitación y la tensión la hacía temblar. Agarró su mano en un intento de detenerlo.

–Dominic…

–Shhh. Disfruta –susurró.

–¿Aquí?

El hotel estaba a menos de una manzana y, a pesar del panel separador, Ian y el conductor estaban allí al lado.

–Quiero que estés tan húmeda que pueda penetrarte nada más llegar a la suite.

Sus palabras y sus dedos habilidosos la hicieron volar. Arqueó la espalda mientras las oleadas de placer la recorrían. Se mordió el labio inferior y trató de mantenerse silenciosa mientras disfrutaba de la sensación. Después, se apoyó contra su pecho.

La respiración de Dominic era tan entrecortada como la suya y eso que apenas lo había tocado. Cualquiera que los viera a través del espejo retrovisor o de las ventanillas pensaría que se trataba de una pareja cualquiera regresando de una agotadora fiesta. Nadie adivinaría que ella acababa de hacer un viaje a las estrellas.

–Tu turno –dijo Madeline acariciando su muslo.

Pero él la detuvo, entrelazando sus dedos y llevándose su mano a los labios.

La limusina se detuvo en la entrada trasera del Hotel Reynard. Dominic soltó su mano y Madeline se colocó el vestido.

–¿Lista?

–¿Estás bromeando? Creo que no puedo caminar.

La sonrisa de Dominic despertó su excitación de nuevo. Sintió su aliento sobre el hombro desnudo. En su estado, cualquier contacto, por mínimo que fuera, la hacía estremecerse.

–Si entramos juntos, llamaremos la atención. ¿Quieres que le pida al conductor que dé la vuelta a la manzana?

Madeline respiró hondo y trató de mantener la cordura.

–No, no puedo esperar tanto a tenerte dentro de mí.

–Yo tampoco –respondió Dominic entre dientes.

Dominic se había acostado con muchas mujeres, incluyendo a Madeline. Pero nunca había estado tan cerca de olvidarse del decoro y tomar a una mujer allí mismo, donde estaba: en la limusina, en el ascensor, en la alfombra del pasillo que llevaba hasta su suite… No podía contener su deseo y no recordaba la última vez que eso le había ocurrido. Sólo la presencia de Ian le impedía hacer lo que tanto deseaba.

Madeline estaba a su lado en el pasillo del hotel sin rozarlo, pero su olor le llenaba los pulmones cada vez que inspiraba. Esperó impacientemente a que Makos hiciera una ronda de reconocimiento en la suite. En cuanto le hizo la señal de que todo estaba bien, Dominic tomó a Madeline de la mano y, atravesando el salón, la llevó directamente al dormitorio. Cerró la puerta en las narices de los guardaespaldas y acorralando a Madeline contra la pared, la besó desesperadamente.

Ella clavó los dedos en sus hombros y enseguida comenzó a quitarle la chaqueta del esmoquin. Luego le quitó la pajarita y le fue desabrochando los botones de la camisa sin dejar de besarlo. Las prendas acabaron esparcidas por el suelo. Él buscó desesperadamente la cremallera del vestido, pero no tuvo suerte, así que dándose por vencido le levantó la falda. La tela parecía pegada a sus caderas y consideró la opción de romperle el vestido que otro hombre le había comprado.

Deseaba sentir su piel contra la suya.

Madeline lo arañó, dibujando una línea entre su cuello y su ombligo. Después acarició su erección bajo los pantalones.

—¿Dónde está la cremallera? —preguntó Dominic separando los labios apenas unos milímetros.

—Aquí —dijo llevándole las manos a un lateral.

Le bajó la cremallera hasta la cadera y al ver que seguía sin poder quitarle el vestido, dio un paso atrás.

—Por la cabeza.

Tiró de la tela, sin preocuparse si estropeaba el vestido. Le compraría otro, una docena. El peso del vestido le sorprendió. En cuanto se lo hubo sacado, lo dejó en una silla y volvió junto a Madeline con el corazón latiendo desbocado en su pecho. Se quedó a dos pasos de ella, observándola con la boca abierta.

Estaba desnuda, a excepción de los zapatos de tacón plateados. Alzó los brazos para quitarse las horquillas del pelo. Nunca antes había disfrutado de una visión tan seductora de Madeline, con la espalda arqueada y ofreciendo sus pechos como si fueran un banquete. Estaba de pie, con las piernas ligeramente separadas, y el vello de su entrepierna brillaba húmedo.

Dominic estaba a punto de perder el control como si fuera un adolescente.

Cerró la boca y tragó saliva, pero no logró aliviar la presión de su pecho ni el nudo de su garganta. Un intenso y doloroso deseo se había apoderado de él. Uno a uno, los rizos de Madeline fueron cayendo sobre sus hombros cada vez que se quitaba una horquilla, ocultando unos erectos pezones.

Dominic le apartó el cabello y acarició su suave y satinada piel. Tomó sus pechos entre las manos y le acarició los pezones, hasta que la hizo gemir y se apoyó contra la puerta.

—Por favor, Dominic, no me hagas esperar —dijo tomándolo por la cintura de su pantalón.

La besó otra vez, sintiendo una oleada de deseo. En cuanto ella le quitó los pantalones y tomó su miembro entre las manos, Dominic le alzó una pierna y tomándola por las nalgas la penetró. Al hundirse en ella, los gritos de placer llenaron sus oídos. La embistió una y otra vez, cada vez más profunda y rápidamente. El tacón del zapato se le clavaba en el glúteo, pero aquel pinchazo era la cosa más erótica que nunca había sentido.

La presión fue en aumento. Trató de aguantar hasta que ella le clavó las uñas en los hombros, susurró su nombre y se estremeció entre sus brazos. Al sentir que sus músculos internos se contraían, Dominic no pudo contenerse más y dio rienda suelta a su pasión como si fuera un volcán. Jadeó junto a su cuello y finalmente se dejó caer sobre ella.

Cuando recobró un poco de fuerza, apoyó los brazos en la puerta, a cada lado de Madeline, y se apartó unos centímetros de su torso para mirarla a los ojos. Ella lo rodeó por el cuello y sus hinchados y húmedos labios sonrieron. Dominic disfrutó de aquella visión, tratando de imprimirla en su mente.

Dos semanas más no eran suficientes, pero debían serlo.

Madeline se merecía más que ser la amante de un príncipe. Se merecía un hombre que supiera ver más allá de su aspecto exterior. Por un tiempo había creído en el amor y el hombre adecuado sabría volver a hacer que creyera. Pero ese hombre no era él. Por muy vacío que fuera su matrimonio, tenía que cumplir sus obligaciones y sus compromisos hacia su país.

Una sensación de arrepentimiento se apoderó de Dominic. Madeline se merecía ser feliz, aunque él no pudiera serlo.

Madeline abrió los ojos y su mirada satisfecha se encontró con la de él. Y al ver su expresión, se enderezó y bajó al pierna con la que todavía lo rodeaba por la cintura.

–¿Qué ocurre?

Él se apartó y de pronto, cayó en la cuenta.

–No hemos usado protección.

Su corazón latió acelerado. ¿Con esperanza? Por supuesto que no. Su destino estaba decidido y lo había aceptado.

Pero ¿y si él, al igual que el Príncipe Alberto, era padre de un hijo fuera del matrimonio? ¿Lograría la paternidad y un heredero potencial evitarle pasar por un matrimonio de conveniencia? No. La tradición y el consejo lo obligaban a tomar una esposa de linaje real.

Pero un hijo lo ataría a Madeline y le daría una excusa para verla en el futuro aunque no pudieran continuar su romance.

–Tomo la píldora –dijo ella rodeándose con sus brazos–. Así que no hay problema, a menos que hayas mentido sobre tu salud.

¿Por qué no se sentía aliviado de saberlo? ¿Y por qué no lograba olvidar que la había engañado? Lo había hecho por una buena razón, ¿no?

No. Si algo había aprendido con todo aquello, es que nunca había una buena razón para mentir. Tenía que haberle hablado a Madeline de su inminente boda. Debía saber por qué iba a dejarla escapar. Pero no lo haría en aquel momento.

–No tengo ninguna enfermedad.

Hacía poco que los médicos de la familia real lo habían examinado de pies a cabeza. Su informe médico sería enviado a la familia de la mujer que el consejo eligiera como su esposa.

Examinarían sus datos médicos como si se tratara de un semental, sin poder opinar sobre su pareja. Su obligación de dar un heredero al trono era una carga. O más bien una maldición.

Madeline Spencer con la realeza. ¿Quién lo hubiera imaginado?

Madeline miró al hombre que tenía a su lado bajo la luz del mediodía en la ciudad italiana de Ventimiglia.

Trataba de no deshacerse al oírlo hablar en italiano. Era su extraordinario guía y magnífico amante, Dominic.

Cambiaba fácilmente de idioma mientras ella trataba de recordar las frases que le había enseñado a decir en francés. Probablemente estaba hablando de algo tan trivial como el tiempo con el comerciante, pero oyéndolo, deseaba saltar sobre él a pesar de haber estado en su cama unas horas antes.

Odiaba salir de su suite cada mañana para volver a su habitación, pero era el precio que tenían que pagar para mantener a salvo su discreto romance y su nombre lejos de los periodistas. De momento estaba funcionando. Después de aquellas primeras fotos, no había habido ninguna más.

Conteniendo los deseos de acariciar su fuerte brazo, Madeline concentró su atención en las joyas de oro que estaban a la venta. Ya había comprado unos collares para su madre y Amelia y unos pendientes para Candace y Stacy en otro puesto del mercadillo. Dominic había sabido negociar los precios y había pagado mucho menos de lo que habría tenido que pagar en Estados Unidos.

Un brazalete grabado llamó su atención. Lo tomó, vio el precio y volvió a dejarlo donde estaba.

–¿Te gusta? –le preguntó Dominic.

–Es precioso, pero aunque consiguieras que lo rebajaran, seguirá siendo muy caro.

–Te lo regalaré.

Él hizo amago de sacar la cartera, pero ella lo detuvo.

–Ya es suficiente que pagues en todas nuestras salidas. No permitiré que te gastes más dinero.

Vio la expresión de obstinación en su rostro que había aprendido a reconocer cada vez que ella insistía en pagar algo. No había salido victoriosa en ninguna ocasión anterior y sabía que esta vez no sería diferente, así que decidió cambiar el tema de conversación.

–¿De qué hablabas con el vendedor?

Dominic apretó los labios para hacerle ver que no iba a distraerlo. Intercambió unas palabras más con el dependiente y, poniendo la mano sobre la espalda de Madeline, se alejaron del puesto. Miró por encima de su hombro, seguramente para comprobar si Ian y Fernand, otro guardaespaldas, los seguían. Era fácil perderlos entre la gente de aquel mercadillo, a pesar del sombrero multicolor que llevaba y que había sido escogido para hacer más fácil su seguimiento.

–Le he preguntado por las condiciones del mercado. Qué mejoras son necesarias y cuáles son los requisitos necesarios. En Montagnarde hay muchos artesanos. Un mercadillo como éste es una atracción interesante en mis planes para fomentar el turismo.

–Pero primero tienes que hacer que los ricos visiten Montagnarde y lleven dinero.

La gente normal se preocupaba por comprar y pagar sus casas. Al parecer los príncipes pensaban en otra escala. Una noche, después de hacer el amor, Dominic le había hablado de sus planes de construcción y de su determinación por avanzar, a pesar de la negativa del concejo a apoyarlo.

–Si construyes, vendrán. Es una teoría. Cada turista genera unos ingresos para la clase trabajadora al crear numerosos puestos de trabajo. Así, todo el mundo se beneficia. Los inversores y yo ya estamos construyendo hoteles de lujo en dos de las tres islas. Estoy interesado en hablar con Derek Reynard para ver si su cadena quiere construir el tercero.

–Probablemente pueda concertarte una reunión con el señor Reynard. Su hijo Vincent es el director de nuevos proyectos. Puedo conseguir que te veas con él.

–Acepto tu ofrecimiento y prometo recompensarte.

Dominic sería un gran rey algún día. No tenía sentido que se sintiera orgullosa de él ni de su idea de lograr llevar turistas a su país. Una vez que él se marchara de Mónaco, dejaría de preocuparse de ella. Pero no podía negar que en el fondo sentía un gran orgullo.

Una suave brisa marina sopló mientras caminaban de la mano por una calle estrecha. Madeline contempló la vista de tejados rojos y casas en color pastel. Ventimiglia era una mezcla de historia y modernidad y, sin Dominic, se lo hubiera perdido.

Nunca había sido tan feliz como aquella semana desde el baile. Pasaba la mayor parte del día con Dominic. Le había enseñado windsurf y algunas de las atracciones de Francia: como el festival de verano de jazz de Juan Les Pins; Grasse, la capital mundial del perfume y los campos de lavanda de Moustiers St. Marie. Ese día, a pesar de que tan sólo contaba con unas horas, la había sorprendido llevándola a aquel mercadillo a veinte minutos de Mónaco.

No le importaba tomar el helicóptero o el avión privado con la excusa de llegar a lugares apartados, lejos de los paparazzi.

La única preocupación de Madeline era no saber cuándo regresaría Dominic a Montagnarde y cuándo se acabaría su tiempo con él. Le había prometido llevarla a París y a Venecia la semana siguiente, si es que todavía estaba allí. Al parecer, había algo pendiente en su país y en cualquier momento lo llamarían para que regresara.

Dominic se bajó las gafas y sus miradas se encontraron.

–¿Necesitamos una siesta? –preguntó con sus ojos azules llenos de deseo.

Su corazón se detuvo.

«Podría acostumbrarme a esto. Pero, no, no debes hacerlo. Recuerda que esto es temporal», se dijo.

Varias veces durante aquella semana había deseado pasar más tiempo con Dominic y en cada ocasión se había dicho que no quería compromisos con nadie y menos con él. Era un príncipe y aunque quisiera más de él, no podría tenerlo.

–No puedo. Tengo que volver para conocer a los futuros suegros de Candace.

–Mala suerte.

Madeline no deseaba ir a la cena ni a la fiesta de compromiso que se celebrarían en un gran yate que estaba amarrado en el puerto de Mónaco. Su reticencia no tenía que ver con el recuerdo de su boda frustrada, sino con el deseo de pasar el máximo de tiempo posible con Dominic.

–Seguramente puedo conseguir que te inviten.

–No –dijo él sacudiendo la cabeza y ajustándose la gorra para evitar las miradas de los turistas–. Los novios han de ser el centro de atención. Ya has visto lo que ocurre cuando aparezco.

Aun así, quería que la acompañara. ¿Se estaba enamorando?

No. Dominic le hacía perder la cabeza en la cama y su interés por él fuera seguramente por el estilo de vida que le había mostrado en las últimas tres semanas. Se sentía apegada a él porque la hacía sentir como si encajara en aquel mundo de ricos y famosos, a pesar de sus dificultades con el idioma. Una vez regresara a Charlotte, se olvidaría de él. No le extrañaría.

Su corazón comenzó a latir más rápido y una sensación de vació se apoderó de ella. Le gustaba su compañía y no le gustaban las interrupciones. Eso era todo. Quizá debería comenzar a alejarse de Dominic.

–Ven a mi habitación después de la fiesta –le dijo él al oído mientras se acercaban al aparcamiento donde tenían el coche–. Llámame al móvil, aunque sea tarde.

–Se supone que tengo que pasar la noche en el yate. ¿Prometes que merecerá la pena?

–Te haré pedir clemencia.

Su respiración se hizo entrecortada y sintió un hormigueo en la entrepierna.

–De acuerdo.

En el mejor de los casos, le quedaba una semana con Dominic y estaba dispuesta a disfrutar de cada segundo. El próximo viernes, Candace y Vincent se casarían por lo civil y el sábado en la iglesia. Su amiga se casaría en la misma iglesia en la que el Príncipe Rainiero se había casado con Grace Nelly.

Así que era posible que un miembro de la realeza se casara con un plebeyo, aunque eso no iba a pasarle a ella.

Miró al hombre que tenía a su lado y confío en no estar engañándose puesto que al domingo siguiente, ocho días más tarde, sus amigas y ella regresarían a Estados Unidos. Pronto, los días que había pasado viviendo como una princesa acabarían y lo único que le quedaría serían los recuerdos de Mónaco.

Capítulo Nueve

–Creía que tenías fama de veloz –protestó Madeline tratando en vano de meter prisa a Toby.

Se había ofrecido a acompañarla de vuelta al hotel. Sin duda alguna él había creído que Amelia se marcharía con ella. Había algo entre ellos, pero su amiga no había dicho nada.

–Sabía que había una razón por la que nunca nos acostamos. Insultas el coche de un hombre antes incluso de que lo saque del garaje –dijo Toby y tomándola del codo, añadió–: Cariño, para las cosas importantes, siempre me lo tomo con calma.

–Por favor. Ahórrate tu rollo para alguien que se deje sorprender. ¡Acelera!

Él la ignoró, pero pareció darse cuenta del motivo de su impaciencia.

–¿Tienes una cita a medianoche?

Pensando en la noche que se avecinaba, de besos y abrazos, Madeline sintió calor en el cuerpo.

–No voy por ahí contando mis aventuras.

–¿Y tus amigas?

El tono de su voz la hizo recapacitar.

–¿Deberían? Porque te prometo que si le haces daño a Amelia…

Una figura vestida de oscuro apareció entre las sombras. Madeline se preparó para defenderse, pero antes de que pudiera hacer nada Toby la tomó por la cintura y la colocó tras él tan rápido que a punto estuvo de caerse. De repente, reconoció al asaltante.

La tensión se adueñó de sus músculos.

–¡Dominic! ¿Qué estás haciendo aquí?

–Esperándote.

Tenía el pelo revuelto y sombra de barba en sus mejillas. Su mirada reparó en Toby y lo observó con los ojos entrecerrados.

¿Acaso era una mirada posesiva? No podía adivinarlo por la oscuridad.

–Creo que no os han presentado. Dominic, éste es Toby Haynes, un conductor de coches de carreras. Toby, él es Dominic Rossi, Príncipe de Montagnarde.

Después de unos segundos de duda, Dominic extendió su mano. Madeline miró a los dos hombres mientras se saludaban. ¿Acaso era un duelo de testosterona? ¿Se estaba perdiendo algo? Porque Dominic no podía estar celoso, ¿verdad?

Sabía que Dominic sentía algo por ella. Ningún hombre podía ser tan apasionado y entregado hacia su amante sin sentir algo, aunque no fuera amor. Pero ambos sabían que su relación tenía un final.

Madeline apartó aquellos pensamientos irracionales y pensó que se debían a aquella última copa de champán. Alguien le dijo que una sola botella de Drug Clos du Mesnil costaba más que su cuota mensual de hipoteca.

–Toby, gracias por ofrecerte a acompañarme hasta el hotel. Ya no es necesario.

–¿Estás segura?

–Sí. Buenas noches y gracias. Hasta mañana.

Después de unos segundos de duda, Toby se dio la vuelta y regresó al yate.

–¿Por qué tienes que verlo mañana?

–Por algo sobre la boda. ¿Por qué estás aquí, Dominic?

–Estaba impaciente por verte.

–Buena respuesta.

–Estás adorable y muy sexy –dijo Dominic estudiando su vestido.

Sus pezones se endurecieron al sentir el deseo en su voz y en su mirada.

–Gracias.

–No veo a Ian –dijo Madeline mirando alrededor–. Normalmente lo distingo.

–No está aquí.

–¿Voluntariamente? –preguntó entre sorprendida y preocupada–. Porque ese hombre no soporta perderte de vista. Apuesto a que se metería en el dormitorio con nosotros si pudiera. Todavía no confía en mí.

Los dientes de Dominic brillaron bajo la luz de la luna, pero su sonrisa no logró borrar la tensión que se adivinaba en su rostro.

–Cree que me ha fallado en lo que a ti respecta y eso le incomoda– dijo tomándola de la mano y comenzando a caminar por el muelle–. Solía dárseme muy bien darle esquinazo y he decidido comprobar si seguía siendo así.

–Así que tienes unas gotas de rebeldía en tu sangre azul. Me gusta eso. ¿Y Fernand?

–Lo he informado de que estabas invitada a pasar la noche en el yate.

–Pero ya sabes que decliné la invitación –dijo mirando aquella zona tan solitaria–. ¿Es seguro para ti caminar por las calles solo?

Dominic se encogió de hombros.

–Mónaco es el país más seguro del mundo. Llevo un dispositivo de localización.

–¿Cuál es el plan? No creo que te hayas escapado a hurtadillas para volver igualmente a hurtadillas.

–¿Te he dicho ya que me excita tu inteligencia?

–Al menos una docena de veces.

–Quiero pasear por Mónaco y disfrutar de los músicos y los magos del festival nocturno de verano –dijo Dominic y al ver sus zapatos, añadió–: ¿O prefieres que busquemos un piano-bar y nos sentemos?

–Por suerte para ti, puedo caminar con estos zapatos.

¿Qué le había dicho? ¿Que quería sentirse como un hombre normal en lugar de un monarca? No había muchos regalos que pudiera hacerle a un príncipe, pero podía acceder a aquel deseo.

–Demos un paseo –añadió tomándolo del brazo–. Si crees que estarás seguro.

–Nunca haría nada que pudiera ponerte en peligro, Madeline –dijo mirándola a los ojos.

–Lo sé. Además, ya sabes que tendrás suerte si me llevas de vuelta sana y salva al hotel.

Dominic contuvo la risa y llevándola hacia las sombras cubrió su boca con la suya. Ella protestó divertida y tomándolo por la cintura, lo atrajo hacia sí. Su sonrisa se desvaneció mientras el deseo por Dominic se adueñaba de su cerebro.

Cuando él se apartó, su corazón latía acelerado y sus piernas temblaban como si fueran las de un corredor de maratón después de cruzar la línea de meta.

–Tus juegos de palabras son terribles. Quédate con la medicina.

–Sus deseos son órdenes para mí, alteza –contestó guiñando un ojo y haciendo una leve reverencia al igual que había hecho en otras ocasiones durante los últimos cinco días.

Lo hacía sólo porque había descubierto cuánto le irritaba. Como siempre, su gesto lo hizo sonreír. Quería hacerle olvidar lo que fuera que le estaba preocupando en aquel momento.

Pasearon por las calles de Mónaco durante más de una hora disfrutando de la música, la magia y los vendedores de comida como cualquier otra pareja. Pero ése era precisamente el problema. Ellos no eran una pareja normal y nunca lo serían. Esa noche era una ocasión que nunca volverían a tener. Al reparar en ello, Madeline sintió que los ojos le ardían.

Dominic debía de pensar que su silencio se debía al cansancio, así que llamó a un taxi para que los llevara al hotel. Al llegar, la acompañó dentro y una vez en el ascensor, tomó su rostro entre las manos y la miró a los ojos.

–Nunca olvidaré el tiempo que hemos pasado juntos.

La seriedad en su voz hizo que se le pusiera la carne de gallina.

–Yo tampoco –replicó ella.

Y entonces la besó y Madeline supo que no quería dejarlo ir. Se había enamorado.

Las puertas se abrieron en el ático. Dominic entrelazó sus dedos con los de ella y dio un paso hacia las puertas, pero los músculos de Madeline no respondieron. ¿Había sido tan tonta como para creer que podría tener una aventura sin que su corazón se viera afectado?

«No, no es amor. Es sólo atracción debido a las circunstancias y al ambiente romántico», se dijo.

–¿Madeline?

Ella parpadeó y tragó saliva. No había sido tan tonta como para enamorarse de un príncipe, ¿verdad?

No, no era amor. Su pulso acelerado, su respiración entrecortada y al tensión en su vientre eran sólo producto de la excitación sexual que sentía y nada más. El dolor que sentía en el pecho se debía tan sólo a que Dominic se había convertido en un amigo, un amigo al que pronto le diría adiós.

Caminó con él por el pasillo hasta su habitación y se metió en su cama. Las sábanas estaban revueltas, como si le hubiera sido imposible dormir y hubiera tenido que salir en su búsqueda. El reloj que había en la mesilla indicaba que eran las dos de la madrugada. Teniendo en cuenta que se había levantado a las cinco, debería estar exhausta, pero lo cierto es que se sentía con energía.

Detrás de ella, oyó el clic al cerrarse la puerta y giró al cabeza.

Dominic se quedó apoyado contra la puerta con las manos en la espalda.

—Desvístete para mí.

—¿Es una orden?

—¿Tiene que serlo?

—Tú primero.

Dominic sacudió la cabeza, se quitó los zapatos y se llevó las manos al cinturón.

—Algún hombre tendrá que domarte.

—Eso no ocurrirá nunca.

—Lo sé. Es parte de tu encanto —dijo sacándose el cinturón—. Tu turno.

Cuanto más durara aquello, más tiempo tendría para estar con él. Al día siguiente era sábado y no tenía que estar en ningún sitio hasta el mediodía. Podrían dormir hasta tarde si quisieran. Se quitó los zapatos y el prendedor de plata que llevaba en el pelo.

Dominic se quitó el reloj y ella hizo lo mismo.

Sin decir palabra, él se sacó la camisa y se quitó los pantalones, que cayeron al suelo.

Ella buscó bajo su vestido y se quitó la ropa interior.

Le lanzó la prenda de encaje negro y tomándola en su mano, Dominic se la pasó por la mejilla. Luego se quitó los calzoncillos y los dejó encima de sus pantalones.

Madeline soltó el botón que cerraba el vestido en su cuello y se cuadró de hombros. La tela de satén negro cayó hasta su cintura, dejando al descubierto sus pechos.

Un jadeo de Dominic rompió el silencio de la habitación. Se desabrochó la camisa y al ver que algunos botones se le resistían, se la arrancó y la tiró a un lado, quedándose completamente desnudo. Su potente erección surgía desde los dorados rizos de su vello. La punta estaba húmeda.

Ella se mojó los labios, cerró las manos ante el deseo de acariciarlo y se dio la vuelta.

–¿Me bajas la cremallera?

No lo oyó acercarse y lo primero que sintió fueron sus labios en el hombro y luego sus manos deslizándose desde la cintura hasta los pechos. Él acarició con los dedos las puntas de sus pezones. El deseo se concentró en la entrepierna de Madeline, que se recostó contra él. Su caliente y rígido miembro le presionaba la espalda.

Dominic le bajó la cremallera y le quitó el vestido deslizándolo por las caderas. Luego la atrajo hacia él y la rodeó con sus fuertes brazos.

Le acarició los pechos, el ombligo, las nalgas y finalmente el centro del deseo entre sus piernas. Los músculos de Madeline se agitaban con cada caricia. Apenas podía mantenerse en pie. Entonces, él la tomó en brazos y la llevó a la cama. Madeline gimió. Nunca antes un hombre la había levantado en brazos, y le había gustado.

Lo rodeó con los brazos y lo atrajo hacia sí. Dominic le separó los muslos, pero en lugar de penetrarla, se tumbó a su lado, rozándola con su miembro en la cadera. Quería que se diera prisa, pero comenzó a recorrerla lentamente con las manos haciendo que su cuerpo se arqueara. Por fin la dejó y se giró hacia la mesilla de noche.

Madeline esperaba ver un preservativo en su mano, pero en su lugar le ofreció el brazalete que habían visto en el mercadillo.

—Dominic, no deberías haberlo hecho. ¿Cómo…

—Ian lo compró por mí. Acéptalo como recuerdo del tiempo que hemos pasado juntos.

¿Cómo podía negarse?

—Gracias —dijo mientras él se lo ponía.

Un nudo se formó en su garganta. Aquello parecía una despedida.

—Dominic, ¿te vas mañana?

—Todavía no hay fecha de partida —dijo mientras la iba besando por el cuello y el hombro hasta llegar al cuello.

Sus manos parecían estar en cualquier sitio, excitándola y acariciándola. Ella le devolvía el abrazo recorriendo los músculos de sus hombros, su espalda y sus nalgas.

—Por favor —dijo sin poder controlar el deseo que sentía.

Él se colocó sobre ella y la penetró sin preservativo. Pero estaba protegida y lo único que quería era sentir a Dominic lo más cerca posible.

Él se retiró y volvió a penetrarla más profundamente. Siguió haciéndolo una y otra vez hasta que el hormigueo del orgasmo explotó en ella, agitando su cuerpo de placer. Dominic gritó su nombre y cayó entre sus brazos.

Madeline lo abrazó con fuerza. No estaba segura de querer dejarlo ir.

Madeline se incorporó en la cama. Se retiró el pelo revuelto de la cara y parpadeó, tratando de aclarar su mente y su visión. ¿Qué la había despertado? Miró a su alrededor, sin tener la menor idea.

El lado de Dominic estaba vacío. Pasó una mano por la almohada y comprobó que estaba fría. Miró la hora y vio que eran las once.

Una sonrisa se dibujó en sus labios. Tenía un buen motivo para haberse dormido, pero ahora tenía que darse prisa. Candace había quedado con el obispo de la catedral de San Nicolás y quería que su boda fuera allí.

¿Por qué no la había despertado Dominic como hacía cada mañana?

Oyó unas voces masculinas desconocidas al otro lado de la puerta y se cubrió con las sábanas.

Dominic tenía compañía. Tenía que vestirse.

Su vestido estaba sobre una silla en vez de tirado en el suelo como lo había dejado la noche anterior. También estaban en la silla la ropa interior, el pasador, el bolso y los zapatos.

Apartó las sábanas, corrió hasta la ropa y tomándola en sus brazos se metió en el cuarto de baño. Dejó sus cosas junto al lavabo, se arregló a toda prisa el pelo y se lavó la cara.

La luz del baño hizo brillar el brazalete. Su sonrisa pasó a mostrar un gesto de preocupación. ¿Debía salir o quedarse allí escondida? Lo mejor sería que se fuera si no quería ir con aquel aspecto a la iglesia.

Se puso la ropa y los zapatos. ¿Cómo iba a salir de la suite?

La única entrada estaba al otro lado del salón. Para ello tenía que pasar junto a Dominic y sus visitantes, con el vestido arrugado de la noche anterior.

Volvió al dormitorio. Todavía oía las voces, pero parecía que los hombres habían salido al balcón, el balcón que rodeaba toda la suite incluyendo el dormitorio. Giró la cabeza hacia las ventanas. Al menos las cortinas estaban echadas.

Quizá pudiera salir mientras estaban en el balcón y así no la verían. Se quedó escuchando al otro lado de la puerta durante unos segundos antes de girar el pomo.

–Los preparativos de la boda empezarán de inmediato –dijo una voz masculina.

¿Boda? Madeline se asomó entre los escasos centímetros que había abierto de la puerta. Dominic y dos hombres maduros estaban en el balcón. Uno tenía unos sesenta años, el pelo cano y la misma postura y constitución que Dominic. El otro era mayor.

Recorrió el resto de la habitación con la mirada y se encontró con los ojos de Ian. Su corazón se detuvo. Se llevó el dedo a los labios para pedirle silencio y él respondió con un parpadeo.

–¿Y si no estoy listo para regresar? –preguntó Dominic.

Llevaba la ropa de la noche anterior, pero su camisa y sus pantalones negros no se veían tan fuera de lugar como su vestido de cóctel. No se había afeitado y parecía haberse atusado el pelo con las manos.

–Sabías que tan pronto como tu esposa fuera elegida, tendrías que volver –preguntó el hombre canoso.

¿Esposa?

Madeline sintió que el mundo se le venía abajo. Su corazón comenzó a latir desbocado. ¿Dominic iba a casarse? ¿Con quién? De pronto sintió cierta esperanza.

–No estoy preparado. Necesito más tiempo –repitió Dominic.

–¿Para qué? ¿Para seguir jugando con tu amante? He visto los periódicos y he leído los informes. ¿Crees que no sé dónde estuviste anoche y con quién?

Ella era la amante y no la novia en cuestión. Sintió

que las fuerzas la abandonaban. Se apoyó contra el umbral de la puerta y cerró los ojos. Un temblor comenzó en su interior y se extendió por sus brazos y piernas.

«¿Cuál es tu problema? Sabías que no se casaría contigo».

–He prometido hacer lo que quieres, padre. Tomaré una esposa, la que elija el consejo. Pero necesito más tiempo.

¿Una esposa elegida por un consejo? Su mente confusa no lograba entender nada.

–Su familia espera tu llegada –dijo el calvo–. Se han firmado algunos acuerdos. El avión te llevará a Luxemburgo esta tarde. Tu padre ha traído el anillo de compromiso de tu abuela. Pedirás su mano mañana. El próximo sábado por la noche se celebrará la fiesta de compromiso.

Se sentía mareada. Sus manos frías temblaban y apenas podía respirar.

¿Qué le había dicho Dominic en el restaurante el otro día? Algo así como que en aquel momento no estaba comprometido con nadie. Le había parecido una respuesta extraña y ahora entendía el porqué.

Durante todo ese tiempo tenía planeado casarse con una mujer a la que un extraño consejo estaba eligiendo. Para él, sólo había sido una manera de pasar el tiempo hasta conocer el nombre de la elegida.

¿Por qué le dolía tanto? Sabía que era una relación temporal y que él estaba fuera de su alcance. Pero había cometido la estupidez de casarse.

Se mordió el labio para contener su dolor. Lo amaba. En algún momento, su subconsciente había empezado a creer en cuentos de hadas y en que se casara con una plebeya, al igual que había hecho el Príncipe Rainiero.

De pronto recordó al antipático guardaespaldas. Su

mirada se encontró con la de él. Dolida y humillada, cerró sigilosamente la puerta, volviendo al dormitorio. ¿Cómo iba a poder salir de allí cuando apenas podía caminar?

No podía enfrentarse a Dominic. No podría mirarlo a los ojos sabiendo que el hombre al que amaba iba a casarse con otra. No había sido para él más que un entretenimiento durante sus vacaciones.

Se llevó la mano a la boca para contener un grito de dolor. Era ella la que había puesto las reglas en aquella relación y se había acabado enamorando de él.

Se dejó caer en una silla, abrió el cajón del escritorio y sacó papel y bolígrafo. Sus manos temblaban tanto que apenas podía sujetar el bolígrafo.

Tenía que recobrar el control antes de que él regresara. No quería mostrarse como aquellas mujeres en el baile. No rogaría por llamar su atención, tenía demasiado orgullo como para eso.

Necesitaba una fría despedida. Una despedida definitiva, puesto que no quería que fuera en su búsqueda. No podría soportar un encuentro cara a cara porque no podría ocultar sus sentimientos y le haría sentir lástima cuando descubriera su secreto. O pero aún, se mostraría paciente y educado al igual que se había mostrado con las otras mujeres.

Apretando la mandíbula, fue escribiendo cada letra, cada palabra, cada frase hasta que no tuvo nada más que decir. Entonces dobló la hoja y apoyó la cabeza en el escritorio. Se sentía vacía. Tomó la nota y la metió en un sobre.

Se quedó mirando el brazalete. ¿Debería dejarlo junto a la nota? No. Quería tener algo para recordarle que no debía confiar en los hombres. Cada vez que lo había hecho, había resultado herida.

La puerta de la habitación se abrió. Sorprendida, se puso de pie y sostuvo la carta contra su pecho.

Ian entró y cerró la puerta. Su rostro era inexpresivo.

–Le enseñaré el camino.

¿Cuántas veces habría dicho aquellas palabras?

–¿Siempre te ocupas de los desastres?

–Dominic no provoca desastres.

Ella parpadeó sorprendida. Aquel hombre rara vez se había dirigido a ella y no esperaba que le contestara. Además, se había referido a Dominic por su nombre y no por su título.

–¿Cómo vas a sacarme de aquí?

–La suite real tiene una salida oculta. Venga conmigo.

La guió a través del vestidor, pasando junto a la impecable ropa colgada de Dominic, y giró una flor de lis que había bajo la lámpara. Un panel se abrió revelando un espacio apenas iluminado. Ella dio unos pasos y se asomó.

–¿Adónde saldré?

–Siga el pasillo hasta las escaleras de emergencia.

Así que ahí acababa todo. La estaban sacando por la puerta de atrás como a una cualquiera. Contuvo las lágrimas y miró el sobre que tenía en la mano. Debería haberlo dejado en la mesa.

–¿Podría darle esto? –dijo ofreciendo el sobre a Ian.

Después de unos segundos, lo tomó en sus manos. Era evidente que a aquel hombre no le gustaba. ¿Le haría llegar el mensaje?

Madeline tomó su mano entre las suyas y lo miró a los ojos.

–Ian, por favor, cuida bien de él.

Capítulo Diez

–Es una niña –dijo Dominic mirando la foto con incredulidad–. ¿Qué puedo tener en común con una cría?

–Tiene diecinueve años. La misma edad que tu primera esposa cuando os casasteis –contestó Ricardo, Ministro de Estado y miembro del consejo mientras le enseñaba otras tres fotos de una pálida rubia asomada a un balcón–. Es lo suficientemente joven como para dar muchos herederos.

Dominic se sintió disgustado. No era culpa de aquella chiquilla. Era atractiva, pero demasiado joven para su gusto. Prefería mujeres más maduras, mujeres que no fueran tímidas, inseguras o inexpertas para decir lo que querían. Mujeres como Madeline.

Miró hacia la puerta cerrada del dormitorio. El tiempo se había acabado. Tenía que contarle a Madeline la verdad y después decirle adiós. No podría enseñarle París ni Venecia. Una extraña sensación de pánico se apoderó de él, haciéndole difícil respirar.

Volvió la vista a la foto que tenía en la mano. Siempre había sabido que sus obligaciones hacia Montagnarde tenían prioridad sobre sus deseos personales. Llevaba una vida privilegiada, pero aquellos privilegios tenían un precio.

–¿La he visto alguna vez?

–Sí, en un par de ocasiones.

No recordaba ninguna. Aquella mujer no lo había impresionado. Eso no era bueno para su futuro. Tenía que casarse con ella, acostarse con ella y dejarla embarazada. Cuanto antes lo hiciera, mejor.

–El amor llegará –le dijo su padre poniéndole la mano en el hombro–. Así nos ocurrió a tu madre y a mí, y también a tus hermanas. También te ocurrió con Giselle –añadió y bajó su mano–. Ricardo y yo estamos hambrientos. Iremos a comer algo al restaurante. Dúchate y acompáñanos.

Cuando se hubieron ido los dos hombres, Dominic fue al dormitorio con una sensación de pavor. Cuando Ian lo despertó esa mañana, no había sospechado lo que estaba a punto de pasar. Le había dicho que su padre estaba en el ascensor, de camino a su habitación. En aquel momento, el peso de las responsabilidades de Dominic había caído sobre él. La llegada de su padre había sido una sorpresa desagradable. La visita del rey sólo podía significar dos cosas: el fin de la libertad de Dominic y el final de sus días con Madeline.

Se pasó la mano por el pelo. No sería capaz de despertar a Madeline con las caricias con que lo hacía cada mañana durante la última semana. Una vez le contara la verdad, la mejor época de su vida se acabaría.

Su futuro sería con otra. La sensación de pesadumbre se incrementó. Se acercó a la puerta del dormitorio, tomó el pomo, lo giró y la abrió.

La cama estaba vacía y la habitación a oscuras.

–¿Madeline? Ya puedes salir, se han ido.

–No está aquí, Dominic –contestó Ian.

Dominic miró la hora en la mesilla. Normalmente se iba de la habitación de madrugada, pero no aquel día. Sonrió, pero rápidamente su sonrisa se desvaneció al pensar que no habría más amaneceres con Madeline.

Se había ido.

La firmeza en las palabras de Ian hicieron que sintiera un nudo en el estómago.

–¿Cómo?

–Hay una salida de urgencia y se la he mostrado.

–¿Por qué nunca he sabido de esa salida?

–Temía lo que fueras a hacer si lo sabías –dijo Ian ofreciéndole el sobre con la insignia del Hotel Reynard–. Escuchó parte de la conversación con tu padre y el ministro.

Dominic cerró los ojos y dejó caer la cabeza. Debería haber oído aquello de su boca. Dejando escapar una exhalación, sacó la carta y leyó.

Dominic:

Gracias por hacer mis vacaciones inolvidables.

Estaré ocupada con asuntos de la boda la semana que viene, así que no tendré tiempo para diversiones o distracciones.

Has sido fantástico. Justo lo que el doctor me recomendó. Pero como con cualquier tratamiento, éste también tiene un final.

Odio las despedidas, así que me despido en esta carta.

Adiós.

Te deseo lo mejor,

Madeline

Tragó saliva y arrugó la carta en su mano.

Madeline se merecía saber la verdad, toda la verdad. Tenía que saber lo importante que era para él, lo buena amante y amiga que había sido. Y debía explicarle por qué tenía que decirle adiós. Lo entendería, haría que lo entendiera.

–¿Dónde está?

–No lo sé.

–¿Qué quieres decir con «no lo sé»?

–Fernand fue relegado de sus obligaciones anoche, mientras *mademoiselle* Spencer se suponía que estaba pasando la noche en el yate. Con la prisa de sacarla de la habitación esta mañana, olvidé avisarlo para que la siguiera al salir de aquí. Pensé que regresaría a su suite, pero no lo hizo.

–No habrá ido muy lejos. Tengo su pasaporte.

–Al parecer, los dos estuvisteis desaparecidos anoche, lo que me da la razón acerca de la salida secreta. Estoy muy mayor para estas historias, Dominic.

–Me trata como a un hombre, Ian, y no como a un futuro rey.

Ian asintió.

–Lo sé, pero tienes un destino. Y si insistes en ponerte en peligro, no podrán cumplir con lo que *mademoiselle* Spencer me ha pedido. Que te cuide.

–¿No se fue enfadada?

–No sé leer la mente de una mujer, pero desde luego no se fue arrojando cosas al aire ni maldiciendo.

–Encuéntrala.

–Dominic, quizá lo mejor sea dejar las cosas como están.

–Encuéntrala –repitió y al ver que Ian no se movía, añadió–: Es una orden.

Ian se dio media vuelta y se encaminó hacia la puerta. Dominic nunca le había hablado así.

–Se fue corriendo, ¿verdad? –dijo Dominic–. ¿Por qué, Ian? Madeline Spencer no es una cobarde. Es una mujer con coraje y le gusta pelear. La Madeline de la que me he enamorado se habría quedado para decirme lo enojada que estaba por mi mentira.

Su corazón latió con fuerza. Le gustaba su sensualidad, el modo en que lo escuchaba cuando le hablaba de sus planes para Montagnarde y le hacía sugerencias. La amaba y no podía tenerla. Habían firmado acuerdos y había promesas que cumplir. Si los rompía daría origen a un incidente internacional.

Ian se giró como si, al igual que Dominic, se hubiera sorprendido por su descubrimiento.

—¿Por qué habría de irse? —repitió.

—Quizá no quiera verse envuelta en una batalla perdida, alteza.

Dominic no podía creerlo. Tenía que haber algo más, pero ¿qué? Estiró la carta y volvió a leerla. ¿Qué le estaba diciendo? A pesar del contenido de la nota, sabía que sentía algo por él. Se lo había mostrado en numerosas ocasiones, dentro y fuera de la cama.

Dominic se pasó una mano por la barbilla, tratando de descifrar el puzzle. Madeline Spencer tenía demasiado coraje como para huir. De repente, las piezas encajaron.

Sólo había tenido otro amante, un hombre al que creía haber amado. ¿Se habría enamorado también de él? No podía dejar Mónaco sin averiguarlo.

—Sólo huiría si no soportara el dolor de un adiós —le dijo a Ian—. Tengo que ducharme e ir junto a mi padre. Quiero que encuentres a *mademoiselle* Spencer y que esté en mi suite para cuando vuelva. Si quiere decirme adiós, tendrá que decírmelo a la cara.

—Necesito que me escondáis —dijo Madeline nada más encontrarse con Candace y Vincent en la catedral.

—¿Qué? —preguntó Candace.

—Sólo hoy.

Se había comprado un vestido en una boutique cercana para no tener que volver a su habitación.

–¿Cómo? –dijo Vincent.

–Necesito esconderme del Príncipe Dominic de Montagnarde y de sus guardaespaldas –susurró.

–¿Te ha hecho daño ese imbécil? Porque si es así…

–¿Has hecho algo ilegal? –interrumpió Vincent.

–No he violado ninguna ley y Dominic no me ha hecho daño. Ha hecho justo lo que le pedí. A su lado he disfrutado de buen sexo y de unas vacaciones memorables.

–¿Pero?

Madeline la miró a los ojos. Candace era terca como una mula. Si quería su ayuda, tenía que serle franca.

–Me he enamorado de él. Y no me digas que me lo advertiste.

–¡Eso es fantástico!

Vincent miró hacia las otras personas que estaban en la catedral, deseando estar en cualquier otro sitio que no fuera en mitad de una conversación de mujeres.

–No, no es fantástico. Esta tarde se irá a conocer a su prometida.

La sonrisa de Candace se congeló.

–¿Está comprometido?

–Hasta hoy no estaba comprometido con nadie. Por lo que he oído, no sé qué comité ha estado buscando la esposa adecuada. Al parecer la han encontrado y va a casarse con ella –dijo y tomando de las manos a Candace y a Vincent, añadió–: Cumpliré con mis obligaciones en la boda, pero hasta que Dominic se vaya, quiero permanecer oculta. Y yo sola no puedo hacerlo. No conozco la lengua ni el país.

–Yo me ocuparé –dijo Vincent sin dudarlo.

–Gracias –dijo Madeline conteniendo las lágrimas.

Tan sólo tenía que esperar un día más antes de que

Dominic se fuera y podría dedicarse a los preparativos de la boda de Candace antes de volver a casa. Era curioso. Había ido a Mónaco deseando evitar los preparativos de la boda. Ahora, deseaba dedicarse a ello para evitar pensar en Dominic. Porque esta vez no sabía si su corazón podría recobrarse de tanto dolor.

El comedor estaba demasiado abarrotado para lo que Dominic tenía que decir.

Se detuvo frente a la mesa de su padre y le hizo una señal al camarero para que no le apartara la silla.

–¿Podría por favor servirnos la comida en la suite? –dijo dándole una propina.

–Desde luego, alteza –respondió el hombre dirigiéndose a la cocina.

–Dominic, ¿qué significa esto?

–Tengo algo que decir y no querrás que lo diga aquí.

–Alteza –comenzó Ricardo, pero Dominic lo miró con el ceño fruncido, haciéndolo callar.

El consejero, que se había puesto de pie al llegar Dominic, miró al rey.

–Está bien, hijo –dijo el padre de Dominic poniéndose de pie.

Regresaron a la suite en un tenso silencio debido a la presencia de otras personas en el ascensor. Pero en cuanto Ian cerró la puerta de la suite, Dominic se enfrentó a su padre.

–No puedo casarme con la mujer que ha elegido el consejo.

El ministro comenzó a balbucear algo y Dominic temió que el septuagenario sufriera un ataque al corazón.

–¿Por qué no? –preguntó su padre.

–Porque la mujer a la que amo está aquí, en Mónaco.

–¿Y tus obligaciones hacia la corona?

–Estoy deseando servir a mi país, pero no estoy de acuerdo en casarme con alguien por quien no siento nada debido a una costumbre de más de trescientos años. Esta costumbre, al igual que nuestra economía, necesita modernizarse.

–¿Qué pasa con los acuerdos y las negociaciones, alteza? –preguntó Ricardo.

–Renunciaré a mi título si mi decisión causa problemas a Montagnarde, pero no me casaré con esa chiquilla o con cualquier otra que elija el consejo. Prefiero pasar mi vida en el exilio que casarme con una mujer por la que no siento nada. No soy un semental cuyo único propósito sea servir a una yegua.

–¿Dejarías a tu familia y a tu país por esa mujer con la que has estado saliendo durante tu estancia en Mónaco? –preguntó su padre.

–Sí, señor. Prefiero vivir feliz con Madeline en cualquier sitio que llevar una vida triste en casa sin ella.

–¿Haciendo el qué, Dominic? ¿Cómo mantendrás a tu esposa si dejas tu título y tu fortuna?

–Tengo la preparación necesaria para trabajar en la industria hotelera.

Su padre arqueó las cejas.

–¿Trabajarás como un plebeyo? ¿Tendrás un sueldo, pagarás una hipoteca?

–Sí.

–¿Qué pasa con tus planes para desarrollar el potencial turístico de Montagnarde?

–Sentiré tener que dejar mi sueño, pero sentiría más la pérdida de Madeline. He dedicado los últimos quince años a mejorar Montagnarde. Mi plan es bueno y, conmigo o sin mí, deberías llevarlo a cabo. Lo cierto es que estoy dispuesto a dejarlo todo por ella.

—¿Qué te hace pensar que puede convertirse en reina?

—Es inteligente y tiene coraje. No le importa ni mi título ni mi riqueza y discute conmigo por pagar la factura de la cena.

—¿Ha estado casada? —preguntó su padre entrecerrando los ojos.

Dominic se sorprendió al oír la pregunta, que parecía dejar abierta alguna posibilidad.

Ian se aclaró la garganta, llamando la atención del rey.

—Majestad, ¿podría decir algo? —preguntó Ian y esperó a que el rey le diera permiso—. Tengo un informe completo sobre *mademoiselle* Spencer, por si quiere verlo.

El rey asintió afirmativamente e Ian fue a la otra habitación en busca del informe. A su vuelta, lo abrió y comenzó a leer.

—«Madeline Marie Spencer, de treinta y dos años, nunca ha estado casada y sólo ha tenido una larga relación. No tiene hijos, se graduó entre los primeros de su clase y actualmente trabaja como enfermera en un centro de traumatología en Charlotte, Carolina del Norte, donde cuenta con el respeto de sus compañeros. Nunca ha tenido ni siquiera una multa de tráfico. Su padre, policía, falleció, y su madre es una profesora retirada».

—¿Dónde está? —preguntó el padre de Dominic.

—No lo sabemos desde que dejó el hotel esta misma mañana. A petición del príncipe, la estamos buscando.

La frustración de Dominic fue en aumento. Tenía que encontrarla.

—Quiero conocer a esta mujer que ha fascinado a mi

hijo tan rápidamente. Cuando la encuentren, que la trai-
gan aquí –dijo y dirigiéndose hacia Dominic, añadió–:
Esto traerá complicaciones, ¿te das cuenta?

–Sí –dijo Dominic sintiendo que se le disparaba la
adrenalina.

–¿Ha aceptado tu propuesta?

–No era libre de hacerle ninguna.

–Pero, Majestad, los acuerdos… Esto podría causar
un incidente diplomático –protestó Ricardo.

–Mi hijo ya ha sufrido demasiada infelicidad en su
vida, Ricardo. Dominic y yo nos encargaremos de los
acuerdos. Iremos a Luxemburgo personalmente esta
misma tarde y presentaremos nuestras disculpas –dijo y
mirando a Dominic, añadió–: ¿Estás seguro de que es la
mujer de tu vida?

–Nunca he estado más seguro de nada en mi vida.

–¿Crees que aceptará tu proporción?

–No lo sé, papá. Pero si no puedo tener a Madeline,
no quiero a nadie más.

–No sé por qué no puedes usar la llave maestra y
tomar el pasaporte de Madeline de la caja fuerte –susurró Candace a Vincent en el pasillo del consulado
americano el martes por la tarde.

–Porque eso sería robar –contestó Vincent.

–Pero es suyo.

–Déjalo ya, Candace –intervino Madeline–. Vincent
tiene razón. No podemos revolver en la caja fuerte sólo porque pensemos que mi pasaporte puede estar allí.
He denunciado su robo y las personas del consulado
me han prometido hacerme un duplicado antes de que
vuelva a casa el domingo.

Madeline se puso las gafas de sol y el pañuelo en el

pelo mientras Vincent iba por el coche. Se escondía como una fugitiva y su único delito había sido enamorarse del hombre equivocado.

–No puedo creer que Dominic no haya dejado el hotel. ¿Por qué mantiene la suite? ¿Acaso va a volver? No puedo seguir escondiéndome en el coche de Vincent ni en su apartamento.

–No tienes otra opción –dijo Candace, tomándola de la mano–. Dominic hizo que ese Fernand te siguiera. Tenías que desaparecer. En unos días, todo habrá acabado.

–Tendrás que reorganizar todo menos la boda dado que Dominic conocía mi agenda.

–Como si eso fuera una catástrofe. Olvídate, Madeline. Ya te he dicho que no es ningún problema.

Pero lo era. Candace ya tenía demasiado estrés planeando su boda en un país extranjero.

–Quizá lo mejor sea que hable con él cuando vuelva. Si es que vuelve.

En los tres días que hacía que su aventura con Dominic había terminado, se había dado cuenta de que romper con Mike había afectado a su orgullo, pero no a su corazón. Le había preocupado más lo que sus compañeros pensaran que haber sido dejada por Mike.

No había amado a Mike. No de la manera en que había amado a Dominic.

Nunca se había planteado envejecer con Mike. Siempre había pensado en la casa y los niños que tendrían. Se había visto como esposa y como madre. Pero con Dominic no había sido así. Echaba de menos pasear con él, hacer el amor y escuchar su respiración en la oscuridad. ¿Hijos? Sí, estaría bien tener algunos, pero su principal atracción era Dominic.

–No, será mejor que no hables con él –dijo Candace interrumpiendo sus pensamientos–. No hay razón para que lo hagas. Además, podría estar con ella.

Tenía razón, pensó Madeline. No quería enfrentarse cara a cara con la mujer que iba a vivir su sueño.

Vincent les hizo una señal y Madeline y Candace corrieron al coche y se metieron dentro. Vincent se giró y vio a Madeline tumbada en el asiento trasero. Ella sintió que su estómago daba un vuelco al ver su expresión seria.

–Han llamado del hotel. Rossi ha vuelto.

Capítulo Once

Veinticuatro horas más y se habría ido.

Madeline estaba en un rincón del jardín donde se estaba celebrando la recepción de la boda. Una hora antes, había terminado sus obligaciones como dama de honor. La feliz pareja había bailado y cortado el pastel. Al día siguiente, a aquella misma hora, estaría de regreso en Estados Unidos.

No lograba entender por qué Dominic la seguía buscando, a menos que fuera para devolverle el pasaporte. La noche anterior se había presentado en el restaurante donde estaban cenando después de la boda civil de Candace y Vincent, pidiendo hablar con ella. Por suerte, Madeline lo había visto antes de que él la viera y había conseguido salir por la puerta de la cocina.

Durante la ceremonia en la catedral, había estado tan tensa que apenas había prestado atención, temiendo que en cualquier momento apareciera.

Durante la última semana, Madeline había adoptado el hábito de Amelia de ver los programas de crónica social a la espera de ver la noticia del compromiso de Dominic.

De repente, reparó en una cosa. De acuerdo a lo que había oído en su suite, el anuncio oficial del compromiso iba a hacerse público esa misma noche en Luxemburgo. Si Dominic estaba allí, no podía estar en Mónaco.

Así que no necesitaba esconderse más bajo la sombra de los limoneros. Podía disfrutar de la fiesta y celebrar la felicidad de su amiga.

Tomó el ramo del banco de piedra donde lo había dejado y volvió al patio, junto a Candace, que la miró preocupada.

–No me mires así. Estoy muy feliz por ti.

–Sabes que te quiero mucho, ¿verdad? –dijo su amiga tomándola de la mano.

Madeline sintió que algo no iba bien.

–¿Candace…

Madeline miró hacia el *château* y reconoció a Makos. Contuvo la respiración. Miró al otro extremo del jardín donde había estado escondida y vio a Fernand. Al otro lado estaba Ian y de pronto sintió pánico. Miró a derecha e izquierda en busca de una salida, pero todas las vías estaban bloqueadas por un guardaespaldas.

–Dominic está aquí.

Candace apretó su mano.

–Sí.

Sorprendida, Madeline se quedó mirando a su amiga y trató de entender su traición. Tenía que salir de allí.

Toby bloqueó su camino, poniéndole la mano en el hombro.

–Escucha lo que tiene que decirte, Madeline. Y luego, si todavía quieres, le daré un puñetazo.

Madeline observó las caras a su alrededor: Amelia y Toby, Candace y Vincent, Stacy y Franco. ¿Estaban todos metidos en aquello?

Los guardaespaldas se fueron acercando a ella hasta que estuvo rodeada por hombres vestidos con trajes oscuros. Cerró los ojos y respiró hondo, tratando de controlar el temblor que sentía. Al abrir los ojos, Dominic estaba a un metro de ella. Llevaba un traje oscuro, con al insignia de Montagnarde en el pecho y una camisa blanca de cuello abierto. A pesar de su bronceado, se lo veía pálido.

El hombre de pelo canoso, su padre, estaba a la derecha de Dominic y el calvo a su izquierda.

–¿Por qué no estás en Luxemburgo?

–Padre, ésta es la mujer que me amenazó poniendo un cuchillo en mi cuello –dijo Dominic en voz alta para que todos pudieran oírlo.

¿Por qué habría de querer causar una escena? Sabía lo mucho que odiaba la publicidad.

–Tú te lo buscaste.

El padre de Dominic dio un paso al frente.

–*Mademoiselle*, en Montagnarde amenazar la vida de un monarca es una ofensa muy seria.

Ella entrecerró los ojos y miró a los hombres que tenía delante.

–Sólo hay una manera de evitar una sentencia –dijo el hombre calvo–. La acusada tiene que mirar a la víctima a los ojos y decirle que no lo ama.

Madeline lo miró a los ojos. ¿Cómo podía pedirle eso? ¿Cómo podía humillarla públicamente de aquella manera?

–¿Y si me niego a participar en esta farsa?

Dominic dio un paso al frente.

–Me has robado algo, Madeline Spencer.

Confundida, parpadeó y sacudió la cabeza.

–Tú me regalaste este brazalete. No he tomado nada más.

–Tomaste lo más importante, mi corazón.

¿Era una broma? ¿Iba a casarse con una princesa y le estaba pidiendo que fuera su amante? Miró a Candace y vio que su amiga derramaba unas lágrimas.

Se giró hacia Dominic.

–¿Y tu futura esposa, la que ha elegido el consejo? La que se supone que iba a recibir el anillo de tu abuela.

–Iba a casarme sin amor porque pensé que nunca volvería a encontrarlo –dijo sonriendo y levantó una mano para acariciar su rostro–. Cuando pusiste aquel cuchillo en mi garganta, cambiaste mi vida, Madeline. Nunca he conocido a una mujer con tu coraje. Ninguna me ha tratado como a un hombre, sino como a un monarca. Y ninguna me ha querido tan desinteresadamente como tú. Dime que estoy equivocado, dime que no me quieres y me iré.

Deseaba creer en lo que le estaba diciendo.

–No soy virgen.

–Menos mal que eso no es un requisito.

Madeline parpadeó para contener las lágrimas.

–Tendrás que esposarme y arrestarme porque no sé mentir.

–Entonces, te sentencio de por vida a vivir conmigo.

Dominic se puso de rodillas e inclinó la cabeza. Por un instante, parecía estar rezando, pero levantó la cabeza y sus ojos azules se encontraron con los suyos.

–Cásate conmigo, Madeline. Sé mi amiga, mi amante, mi esposa y, algún día, mi reina –dijo y buscando en su bolsillo, sacó un anillo de esmeraldas.

Madeline miró al padre de Dominic y vio su expresión de aprobación.

–¿Está de acuerdo con esto? No soy ninguna princesa.

–Siento tener que disentir, *mademoiselle*. Ahora, responda a mi hijo.

–Siempre pensé que me gustaría que me pidieran matrimonio de rodillas. Pero estaba equivocada –con testó mirando fijamente el rostro del hombre al que amaba–. Ponte de pie, Dominic, y hablemos mirándonos a los ojos –añadió y esperó a que él se levantara–. Sí, Dominic, me casaré contigo.

Él la abrazó, levantándola del suelo mientras la gente a su alrededor aplaudía.

Después la dejó en el suelo y la besó suavemente.

–Te quiero, Madeline. Espero que sepas en lo que te estás metiendo. Las bodas reales son algo extravagantes.

Madeline rió. Nunca pensó que estaría agradecida por aquellos seis años malgastados.

–Tengo cierta experiencia en organizar bodas. Y mientras te tenga a mi lado, creo que podré soportarlo.

En el Deseo titulado *Reglas de seducción* de Emilie Rose podrás continuar la serie PASIÓN EN MONTECARLO

Deseo™

Peligrosos deseos

Robyn Grady

El matrimonio y los hijos no figuraban entre los planes de Armand De Luca... hasta que descubrió que debía casarse y tener un heredero si no quería perder su empresa. El niño aún sin nacer que había engendrado su hermano antes de morir le pareció la oportunidad perfecta.

Pero la futura madre, Tamara Kendle, no estaba segura de querer tener nada que ver con Armand, con sus millones o con su matrimonio de conveniencia. Por otra parte, era una mujer tan hermosa y deseable que Armand empezó a pensar que quizá no quisiera que su unión fuera sólo un asunto de negocios...

Él se había casado por negocios... pero también quería un poco de placer

Acepte 2 de nuestras mejores novelas de amor GRATIS

¡Y reciba un regalo sorpresa!

Oferta especial de tiempo limitado

Rellene el cupón y envíelo a
Harlequin Reader Service®
3010 Walden Ave.
P.O. Box 1867
Buffalo, N.Y. 14240-1867

¡Sí! Por favor, envíenme 2 novelas de amor de Harlequin (1 Bianca® y 1 Deseo®) gratis, más el regalo sorpresa. Luego remítanme 4 novelas nuevas todos los meses, las cuales recibiré mucho antes de que aparezcan en librerías, y factúrenme al bajo precio de $3,24 cada una, más $0,25 por envío e impuesto de ventas, si corresponde*. Este es el precio total, y es un ahorro de casi el 20% sobre el precio de portada. ¡Una oferta excelente! Entiendo que el hecho de aceptar estos libros y el regalo no me obliga en forma alguna a la compra de libros adicionales. Y también que puedo devolver cualquier envío y cancelar en cualquier momento. Aún si decido no comprar ningún otro libro de Harlequin, los 2 libros gratis y el regalo sorpresa son míos para siempre.

416 LBN DU7N

Nombre y apellido	(Por favor, letra de molde)
Dirección	Apartamento No.
Ciudad	Estado	Zona postal

Esta oferta se limita a un pedido por hogar y no está disponible para los subscriptores actuales de Deseo® y Bianca®.
*Los términos y precios quedan sujetos a cambios sin aviso previo.
Impuestos de ventas aplican en N.Y.

SPN-03   ©2003 Harlequin Enterprises Limited

Julia™

No era el virus del amor lo que la doctora Mallory Russell pretendía curar cuando llegó al servicio de urgencias de aquel hospital de Philadelphia. Pero eso fue exactamente lo que le picó nada más conocer al frío, aunque magnífico, cirujano de pediatría Bradley Clayton.

Pero ambos médicos tenían muchos secretos y heridas del pasado que les impedían abrir su corazón al otro... por mucho que se desearan tanto emocional como físicamente. El deseo no tardaría en unirlos, pero ¿sería suficiente para construir un futuro juntos?

Al final del tunel
Shirley Hailstock

Al final del tunel

Shirley Hailstock

**Por mucho que luchaban
contra ello... sus caminos
no dejaban de cruzarse**

Bianca™

**Él creía que aquella mujer era su amante...
pero en realidad era su esposa**

Después de un accidente de coche, Andreas Petrakos tenía amnesia. Lo último que recordaba del año anterior era su apasionado romance con Rebecca Ainsworth.

Rebecca volvió a la isla griega en la que Andreas se estaba recuperando, pero como le habían dicho que debía recuperar la memoria poco a poco, se vio obligada a ocultar la verdad. Finalmente, Andreas recordó que había echado de casa a Rebecca hacía un año, exactamente el día de su boda... por un motivo que sólo él conocía.

Más allá del olvido

Kate Walker